KB001375

40년생 김말임 여사의 생애

포도시, 말임씨

서명순 지음

들어가는 말

2020년 4월 벚꽃비가 흩날리던 날 멀리 하늘길로 떠난 큰아들, 태산처럼 의지하며 살아온 아들의 모습을 꾹꾹 가슴에 눌러 담은 채, 살고 있어도 사는 게 아닌 듯 살고 계시는 우리 엄마! 마음속 깊이 흐르던 눈물이 이제는 눈물샘을 막아 눈마저 침침해져 잘 보이지 않는다고 하신다. 내 동생 승범이가 하늘나라로 간 후 우리 엄마는 자기 죄라고 여기며 남부끄럽다고 밖에도 나가지 않으셨다. 동네 마실은 물론 아파도 병원도 잘 안 가시고 두어 달에 한 번 파마하러 가시는 미용실에도 안 가셨다. 저러다 무슨 일 날까 생각이 들 정도로 드시지도 못하고 두문불출하셨다. 동생을 잃은 내 마음이 사지가 찢긴 듯 아픈데 생때같은 자식을 잃은 우리 엄마의 고통을 무슨 말로 다 말할 수 있을까?

우리 집에 올라와 계시거나 시골집에 가서 엄마를 만날 때마다 엄마에 대한 책을 쓰겠다는 핑계로 지나온 삶에 대해 이것저것 두서없이 물었다. 대답하시는 동안 엄마가 누구에게도 털어놓고 말할 수 없는 슬픔과 서러움, 원통함 같은 감정들을 조금씩 덜어 낼 수 있으면 좋겠다는 생각을 했다. 그리고 갈수록 기울어가는 가난한 시골 살림을 꾸리면서도 다섯 남매를 훌륭하게 키워낸 우리 엄마에 대해 자식으로서 더욱 자세히 알고 싶었고 또한 그 노고를 값지게 드러내 보고도 싶었다.

엄마의 이야기를 듣다 보니 일제강점기를 거쳐 한국전쟁을 겪고 경제적으로 어려운 시대를 농부로 살아온 우리 엄마 개인사를 통해, 질곡으로 이어진 우리나라 근현대사에 대해서도 조금이나마 더 잘 이해할 수 있었다. 아프리카 속담에 '노인이 한 명 죽으면 도서관 하나가 불타버린 것이다'는 말이 있다. 우리 엄마의 인생 도서관이 없어지기 전에 그 기록을 어떻게든지 남기고 싶은 마음이 간절했다. 그날그날 기분에 따라 어떤 대화 끝에 나온 주제로 두서없이 대화를 나누기도 하고 또 내가 여쭙기도 하며 녹화해두었다. 사투리가 하도 많아 녹음을 글로 바꾸어 주는 앱으로 감당이 안되어 일일이 받아 적었다. 받아쓰는 동안 혼자 울다 웃다를 반복했다. 그렇게 엄마와 나눈 대화 내용 중 일부는 엄마가 말씀하신 사투리 그대로 적었다. 그리고 좀 더 이해를 돕기 위해 그 주제와 관련된 내용이나 일화가 있으면 내 생각을 함께 덧붙였다.

날로 노쇠해 가는 엄마가 조금이라도 더 맑고 정정한 몸으로 계실 때 이 책을 만들고 싶었다. 조각보처럼 누덕누덕 기워진 우리 엄마의 삶에 하루라도 빨리 기쁨 한 조각을 보태고 싶었는데, 막상 글을 엮는 게 그리 쉬운 일이 아님을 깨닫고 한참 게으름을 피웠다. 더 이상 뜸을 들일 수 없어 마침내 글을 쓰기 시작했다. 이 책에서는 내가 형식 없이 이것저것 물어서 들은 엄마의 살아온 이야기를 적었다. 엄마의 전기를 쓰려고 한 것은 아니고, 살아온 날 중에 너무

아리고 아파서 또는 너무 기뻐서 더 기억에 남아 있는 이야기들을 추려 엮었다. 그러니 내가 미처 생각하지 못했거나 또는 지면 관계상 다 풀어내지 못한 자녀들과 손주들의 이야기들이 아직도 한 보따리 남아 있을 것이다. 나중에 또 기회가 되면 더 기쁘고 소중해서 오래 추억할 만한 이야기들로 알록달록 예쁜 조각보를 꾸며 보면 좋겠다.

막내로 태어나 '끝님'이라 불렸다는 우리 엄마 김말임 여사의 앞으로 남은 조각보에는 기쁘고 행복한 이야기들로 예쁘게 덧대어지면 더 바랄 것이 없겠다.

III. 시집와서 귀둥떡으로 알탕갈탕 살아냈지

IV. 못다 한 이야기

I. 엄마는 지금까지 산 것이 아슴찮여

넘의 삭신이라
누가 아무도 몰라

"오늘은 조금 입맛이 돌아와서 별 5점 만점에 4점! 조금씩 달라져서 맛있게 먹었다. 손이 쪼금 나슨게벼. 세수도 한 손으로만 했는디 오늘 아침에는 쬐금 올라가는고만. 다음 월요일에 병원 가면 의사 선생님이 옆구리도 한 번 주사 더 줄 것이고. 너는 자꼬 운동하라고 해쌌는디 더 이상 어떻게 혀? 자러 가서 누워서도 허고. 이렇게 허면 이만큼 밖에 안 올라간단게. 이만큼만 가도 "아!" 소리가 절로 나와. 저 방에 앉아서 한참씩 허고 저녁에 오줌 싸러 갈 때도 한참씩 허고 나와. 팔도 내둘러보고 손도 올려보고. 긍게 저녁 잠을 못 잔게 낮에 내가 자야 된다니까.

요새 쿡쿡 쑤시는 때가 자주 있었어. 우둑 소리가 나고 깜짝 놀래지고. 옆구리나 여그저그서 쿡쿡 쑤실 때는 사람 미치겄어. 어제 오늘은 안 쑤시니까 조금 먹어져. 입이 틉틉해가꼬 아무 맛도 없어. 시방 삼일째 안 쑤시나. 긍게로 조금 멋이 조께 들어가는고만. 아픈 디가 조금 들허면 조금씩 조금씩 먹어져. 쑤실 때는 엄청 입이 걍 써가지고 그렇게 아픈게 멋을 못 먹어. 쿡쿡 쑤실 때는 사람 죽겄어. 근디 넘의 삭신이라 누가 아무도 몰라 나 아닌 돔박에는. 자식들도 모르고...."

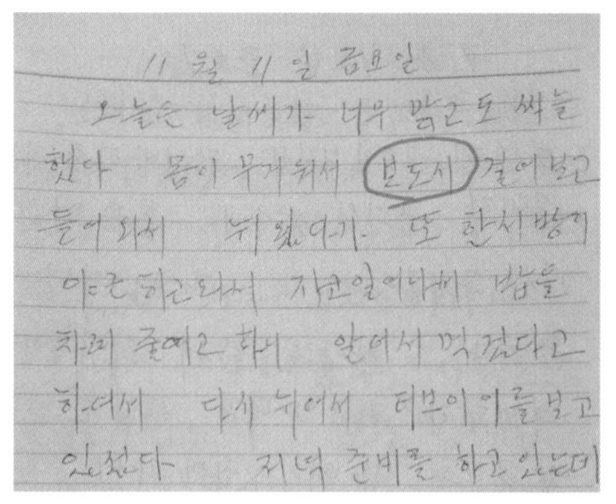

11월 11일 금요일
오늘은 날씨가 너무 맑고 또 써늘
했다 몸이 무거워서 보도시 걸어 보고
들어와서 누웠어가. 또 한시방이
[illegible] 자고일어나께 밥을
차려 줄려고 하니 알어서 먹겄다고
하여서 다시 누어서 테브이를 보고
있었다 저녁 준비를 하고 있는데

엄마의 일기장

저녁을 챙겨드리고 오늘 저녁은 5점 만점에 몇 점 주실 거냐고 물으니 4점이라고 대답하셨다. 며칠째 계속 팔도 아프다고 하셔서 이틀 전에 병원에 가서 주사를 맞고 왔다. 통증이 조금 가라앉았는지 오늘은 좀 저녁을 맛있게 드시는 것 같았다. 여기저기 갑자기 쿡쿡 쑤시는 통증이 오면 너무 힘들어 기운이 빠지고 입도 쓰디쓰고 밥맛이 없다고 하시니 좀 색다른 음식을 해드려도 맛있게 드시지를 못한다. 평소 드시고 싶은 거 있냐고 여쭈면 좋아하는 TV 프로그램인 〈6시 내고향〉에서 맛있는 것을 먹는 방송을 보면 먹고 싶다가도 또 아프면 잊어버리고 만다고 하신다.

늘 죽을 만큼 아프다 하시는 우리 엄마. 아플 때마다 누구 알아주는 사람도 없는 것 같아 속으로 서운하신가 보다. 그런데 나는 그런 엄마의 마음을 읽지 못하고 "안다고 한들 무슨 소용이 있어요. 아프니까 더 운동을 해야 된다고, 운동을 안 하니까 더 아파요. 이렇게 잠자는 시간 빼고 무조건 눕지를 말아야 한다니까요, 엄마?" 하며 매정한 소리만 반복한다. 그냥 "얼마나 아프세요? 그렇게 아파서 얼마나 힘들어요?" 이렇게 다정한 말로 알아드리면 될 텐데. 그리고 좀 더 살뜰하게 챙겨드리면 될 텐데 그게 쉽게 되지 않는다. 대신 아파줄 수도 없으니. 그러다 또 죄송한 마음이 들어 얼른 마음을 고쳐먹는다. 엄마가 우리 집에 계시는 동안 내가 잘 해드릴 수 있는 게 뭘까 생각해 보고 아침마다 엄마를 주물러 드리기로 했다. 머리부터 발끝까지 천천히 주물러 드리면 "아이고 시원허다, 아이고 시원혀." 라고 하시며 기분 좋게 일어나신다. 딸이 정성껏 주물러 주었다는 그 사실이 우리 엄마의 무거운 몸을 가볍게 만드는 것 같다.

해가 다르게 날로 엄마는 노쇠해가는 것 같다. 자다가 통증이 있는 밤이면 파스도 붙여야 하고 도저히 못 참을 만큼 아파지면 진통제도 드신다. 게다가 화장실도 자주 다니니 잠을 푹 주무시지 못한다. 그리고 아침에 일어나면 "뭔 지랄로 그런 씨잘데기 없는 꿈을 꾸었쌌는지 모르겠다." 하시며 악몽에 시달린 꿈 이야기를 자주 하신다. 그러니 낮에도 거실에서 TV 보다 가도 주무시고, 또 아예 침대에 누워 곤하게 주무시는 시간도 많다. 자꾸 많은 시간 잠만 자는 아이처럼 되어가는 엄마를 보고 있으면 내 마음에 슬픔의 그늘이 한 뼘 더 늘어난다.

버스를 갈아타고 간신히 한의원에 다녀왔다는 내용의
엄마의 일기장

아무것도
꼼작거리기 싫어

"가슴이 쓰리고. 가슴이 울렁울렁하고. 자꼬 졸려. 이러던 안 했는디. 속이 얼렁얼렁.... 여그 온 순간 약을 열 알이나 먹었을 거여. 이제 안 아픈 날이 없어. 어느 날 죽는지 모르게 죽어야는디. 사람 죽겄어. 이렇게 아픈 사람이 어디가 있어 사방간디? 긍게 내가 느 집도 안 올라고 했어. 여그 와서도 이렇게 아프면 너 귀찮허고 사오 미안허고.

요새는 내가 아무것도 꼼작거리기도 싫어 내가. 어깨가 아파서 손을 못 쓴게. 윤희네 집에서도 한 손으로라도 뭣이라도 만들고 반찬이라도 만들고. 싱크

대라도 가면 이 놈을 꽁생이로 짚어야지 한 손으로 뭘 해야지 허리는 가라앉지 도저히. 그래도 어찌케 어찌케 영아 아빠 반찬을 뭣을 끓이주얀게. 포도시 히다 줌서 갔다는 먹으라고 했지. 근디 요새는 그것도 저것도 쭉 못혔어 시방. 김장허고 난 뒤에는. 지금은 지가 밥도 챙기 먹고 설거지 허고 회사 가는디 보면 미안허기가 한이 없어."

요즘 들어 아파서 하루 종일 끙끙 앓고 계시는 날이 많다. 자꾸 침대에 눕는 시간이 많아졌다. 식사 후에 매일 복용해야 하는 약을 제외하고도 자주 진통제나 감기약을 드신다. 게다가 관절에 좋다는 영양제, 잇몸 치료 보조제 등 드시는 약이 한 움큼이다. 그렇게 많은 약을 드시고 얼마 지나지 않아 바로 누우면 식도염이 생겨 자꾸 속이 쓰리다고 하신다. 이렇게 자주 아프니 이제는 우리 집에 올라오시는 것도 싫다고 하신다.

시골집에서도 몇 년 전 까지만 해도 막내딸 윤희가 먼저 출근하고 없으면 부엌에서 꼼지락꼼지락하시며 반찬이나 찌개를 끓여 사위 식사를 챙기기도 하셨다. 그런데 요즈음은 사위가 알아서 밥도 잘 챙기고 설거지도 깨끗하게 잘하니 늘 미안한 마음을 갖고 계신다. 그래서 나는 지금까지 엄마가 잘 해주었으니까 이제는 미안한 마음 갖지 않아도 된다고 위로해드린다.

꼼짝하기 싫다면서도 자식들 위해서는
몸을 아끼지 않는 엄마

둘째 사위 한서방은 그동안 장모님 모시고 20년 가까이 사느라 정말 애썼다. 최근 들어 하루도 거르지 않고 여기저기 아파 잔병치레하는 장모님 아프다 소리 듣는 것도 이제 지칠 것 같다. 엄마는 아프니까 일어날 때마다 당신도 모르게 저절로 "아이고. 아고고고!" 하시며 신음 소리를 내신다.

그런데 같이 살고 있는 딸이나 사위는 그럴 때마다 딱히 어떻게 해드릴 수도 없을 텐데 얼마나 마음만 아프고 불편할까 짐작이 된다. 거의 일주일에 한 번, 그것도 주로 토요일에 통증 병원으로 또 한의원으로 모시고 다니느라 윤희네 식구들이 정말 애쓴다. 요즈음은 학교 다니는 손자 욱이가 시간 내어 병원에 모시고 가는 날도 많다. 토요일은 늦잠도 자고 싶고 쉬고도 싶을 텐데도, 엄마 모시고 이른 아침부터 병원 순례를 해야 하니 여간 힘든 일이 아닐 것이다. 그래서 내가 윤희 숨 좀 돌릴 수 있게 서울에 올라가시자고 하면 둘째 사위 눈치 보인다고 올라오기를 꺼려 하신다.

둘째 사위 원서방

셋째 사위 한서방

우리 집에 계시면 둘째 사위 원서방이 장모님께 잘해 드리려고 나름 애쓰는 데도 엄마는 당신 살던 집이니 시골집에 계시는 게 훨씬 편하다고 자꾸 내려가고 싶어 하신다. 예전에 우리 막내딸 종화 키우며 함께 사실 때는 원서방이 불쑥불쑥 화를 내는 것을 보고 속상해하신 적도 더러 있었다. 요즘에는 원서방이 퇴직하고 마음이 편해졌는지 장모님께 더 신경 써준다고 좋아하신다. 가끔 모시고 양평 쪽으로 드라이브 시켜드리고 종화 어릴 적부터 모시고 다니던 단골 식당에서 엄마가 좋아하는 붕어 찜도 사드린다. 그런데 언제부터인지 드라이브 가시자고 해도 아무것도 꼼짝거리기 싫다며 안 가신다고 고집 피우고 방으로 들어가 누워 쉬는 날이 많아졌다. 해마다 눈에 띄게 노쇠해지는 엄마를 보며 삶과 죽음에 대해 깊이 생각하게 된다.

영봉이는 나이 먹음서 잘허고 살은게

"에고 말도 말어. 영봉이 살은 일은 진짜 말로는 못허어. 아버지 죽고 아무 정신이 없는디 영봉이 한 자 그리가꼬 내 속탄 일 생각허면 말도 못혀. 넘도 부끄럽고. 영봉이 신세를 생각허면 맘은 애리고. 거그가 신길동인가 방도 좋은 놈 얻고 부잣집 같이 생긴 놈 얻어가꼬 서울로 이사 왔잖어. 이사 올 때 건희가 여섯 살 먹었어. 그런 집서 속챙기고 잘 살었어야혀. 근디 그 인간은 어떻게 속 못 챙기고 느 언니 속을 쎅이고 못 살어서 우리집으로 싹 짐을 실어 왔었잖여. 아버지 돌아가시고 삼우제 지내고 나서 쌈 나가꼬. 그대부터 헤어져 살었어 영봉이. 시상으.

그 사람은 그렇게 배포만 큰 사람이었어. 내가 맨날 그랬지. 돈 벌으면 나중에 쓸 생각해서 저축하고 아껴쓰고 그렇게 허풍대풍 쓰지 말라고. 집이 한번씩 오면 아버지 비싼 시계 사다줬지. 전주 현석이 오빠가 보고는 "아! 이문동 고모부는 사위 잘 두어가꼬 그렇게 비싼 시계를 아무나 못 차는 시계를 차고 다니시네." 그랬네. 아버지 옷도 몇 벌 사왔지. 잠바도 사오고. 내 위에 입는 옷도 비싼 놈으로 사왔지. 승범이 펑펑 용돈 주었샀지. 그렇게 돈도 허평대평 쓰고 한번씩 오면 생선도 박스로 사와 이것저것. 그때만 히도 그렇게 비싼 굴비를 백화점으서 크고 실헌 놈으로 사오지, 마른 오징어도 좋은 놈으로 두어 축씩 사오지. 사오는 것도 나는 한나 안 좋았어. 제발 그렇게 사오지 말라고 혔어. 그렇게 배포 크게 그 지랄 허더니 결국에는.... 건희는 즈 아빠 안 탁혔어. 아이고 징그럽다. 느 언니 세상 살은 것 생각허면 진짜 책 쓰면 몇 권 써야혀. 인제 잘 허고 살았으면 쓰겄는디. 인자는 괜찮은게벼."

엄마와 언니 영봉

우리 언니는 젊은 시절 파란만장한 삶을 살았다. 등치도 좋고 잘생긴 남자를 만나 일찍 결혼을 했다. 형부의 첫 직업은 요리사였는데 돈을 잘 벌어오는 것 같았다. 그래서 우리 집에 올 때면 늘 생선이고 과일이고 보기 좋고 비싼 것들로 그것도 항상 많이 사가지고 왔다. 내가 대학생일 때 용돈도 잘 주고, 그 당시 시골 대학생에게는 분에 넘치는 구두 티켓도 주었다. 내가 첫 발령받았을 때는 백화점에 데려가 비싼 브랜드 옷도 사 주었을 뿐 아니라, 나중에는 우리 딸들 코트며 원피스며 좋은 것으로만 사주었다. 엄마는 그런 사위가 왠지 불안해 늘 돈 낭비하지 말고 아껴가며 살라고 신신당부하셨다. 그런데 아들을 둘 낳고 잘 사는가 싶었는데, 도박을 하기 시작했다. 나중에는 경마에 미쳐 언니가 숨겨 놓은 통장까지 다 훔쳐 쓰고 가산을 탕진했다. 결국 이혼을 하게 되었고, 그 후로 언니는 먹고살기 위해 이것저것 여러 직업을 전전하며 일을 해야 했다. 돈 벌기 바쁘다는 핑계로 아들들한테 신경을 못쓰다 보니 둘째 아들 현희가 다니던 고등학교도 그만두고 제 목숨까지 버리고 먼저 떠나버렸다.

이렇게 사는 큰 딸 때문에 우리 엄마는 너무 속을 태우고 애간장을 녹이며 사셨다. 잘 사는가 싶으면 또 뒤집어지고 조금 진정되는가 싶으면 사달이 나고. 한동안 돈 번다고 아들 둘을 시골 엄마한테 맡겨 놓아 아이들이 외할머니 밑에서 크다 또 작은 이모랑 살기도 했다. 그런 부모 밑에서 온갖 험한 일을 겪고도 반듯하게 잘 커준 손자 건희를 우리 엄마는 얼마나 대견스럽게 생각하는지 모른다. 제

아버지와 달리 속이 꽉 차고 알뜰해 자기 앞가림도 잘하고 제 엄마를 살뜰히 챙긴다고 든든하게 생각하신다.

듬직한 아들을 둔 언니

늦게 만나 행복하게 사는 언니 부부

이제 우리 엄마는 큰딸 걱정을 안 하신다. 언니는 일자리를 연결시켜주는 직업소개소를 운영하며 숨겨진 능력을 발휘하여 코로나 시기도 잘 견뎌내고 지금은 번듯하게 자리를 잡았다. 게다가 작년에 좋은 인연을 만나 새 출발을 했다. 처음에 언니가 결혼할 남자를 인사 시킨다고 할 때 엄마는 혼자 곱게 늙어가지 뭔 시집을 가냐고 많이 반대하셨다. 그런데 새 형부는 인품도 좋으시고 언니를 무척 아껴주는 분이다. 우리 엄마한테도 잘 해드린다. 엄마 기운 없다고 염소 중탕을 해서 두 번이나 보내줘 엄마가 그것을 드시고 많이 기운을 차리셨다. 이제 언니는 나이 들어가며 두루두루 잘 살고 있어서 우리 엄마가 한시름 놓고 걱정 안 하고 사신다.

윤희는 긋시 말을 안혀

"윤희는 생전 말을 안혀. 다른 것은 참 잘 허는디. 왜 그런가 몰라. 반찬도 후다닥 맛있게 잘 맨들고. 김치도 담그는 것 좀 봐. 언지 간절여 놓은 것 본 것 같은디 그새 벌써 담어 놨어. 간도 잘 맞추고. 아침 일찍 일어나면 밭이 가서 얼른 밭일도 잘 허고. 근디 아침 저녁 끼니 채리 놓고 "식사하셔요.", 회사 감서 "다녀올게요.", 퇴근히가꼬 "다녀왔어요." 하고는 당최 말을 안 헌게 깝깝혀 죽겄어야. 어떤 때 서울 있다 내려가 보면 때로 누가 동네서 농사진 것을 고구마도 갖다 놓고 우리 농사 안 짓는 것이 있어. 근디 말을 안 헌게 잘. 긍게 내가 고맙다는 인사도 못 허고 넘어갈 때가 있더라고. 또 지가 동네 양반 누구헌티 멋을 보내놓고도 나한티는 말을 안혀. 그리서 어떤 날은 양로당서 동네 양반이 윤희가 나한티 보낸거 잘 먹었다고 하는 소리를 듣고 오면 서운헐 때도 있어. 썩을년, 말 좀 미리 해주면 얼매나 좋을 것이여.

또 한가지 숭을 보자먼.... 그리고 저 출근 헐 때나 병원 앞에다 내리 주고 저 바쁜 날은 "엄마! 갈 때는 택시 타고 가셔요." 그럴 때가 있어. 그려놓고는 택시 타고 왔는가 잘 치료 받고 왔는가 전화 한 통화 씩이라도 해야지. 하루 내내 전화도 안 하고 저녁에 집 와서 "잘 왔어요?" 그려. 전화도 안 허지. 말도 안 허지. 누구 탁이서 그러나 몰라. 느 아버지가 옛날으 그렇게 말을 안 했잖여."

셋째 딸 윤희 최고 미모 시절

보험회사에 다니는 내 동생 윤희는 엄마 모시고 산 지 20년이 되었다. 회사 다니며 엄마를 모시고 산 세월이 얼마나 쉽지 않았을까? 매일 아침저녁 드실 것 챙겨 드려야지, 아프시다고 하면 병원 모시고 가야지, 또 엄마 보러 오시는 친척이나 동네 어르신들도 서운하지 않게 대접해야지, 아침저녁으로 밭에 가서 일도 해야지. 할 일이 끝이 없다. 그런데 회사에 가서 고객들하고 상담하고 또 고객 불만도 처리하다 보면 말을 많이 하게 되니 집에 오면 아무 말도 안 하고 싶단다. 특히, 회사에서 일이 잘 안되거나 피곤한 날에는 집에 오면 입도 끔뻑하기 싫은 때가 있다고 한다. 그런데 엄마는 그렇게 말을 안 하는 윤희가 답답해 죽겠다고 타박하신다.

엄마는 아무것도 꼼지락거리고 싶지 않다고 말하면서도, 이것저것 하시느라 몸을 자꾸 움직이신다. 어느 날 윤희가 잔뜩 부아가 나서 내게 전화를 했다. “언니, 엄마가 오늘 오전에 아파 죽겠다고 하면서 병원에서 주사 맞고 왔으면서, 내가 마당 앞 밭에 풀 메려고 일찍 퇴근해서 보니, 강낭콩 심는다고 혼자 삽질을 하고 풀을 메고 계셔. 이게 말이 되는 것 같아?" 윤희가 어쩌다 이런저런 하소연을 하면 솔직히 내 마음은 두 가지다. 그래서 이렇게 말한다.“얼마나 답답하냐. 속 터지지만 내버려 둬. 엄마가 몸은 힘들어도 맘이라도 편하시게. 병원 다녀오니 하실만했나 보다 이렇게 생각하자. 우리 생각하고 다르니 어쩌겠냐. 병원 모시고 다니는 네 속은 얼마나 터지겠냐만....” 젊은 사람들이 하도록 내버려 두면 좋을 것을 당신이 직접 하시고는 팔이 아프니 어깨를 쓸 수 없다느니 하시면 딸과 사위는 또 병원을 모시고 가야 할 형편이니 속이 편할 리가 없다.

울 안 채소밭에서 파 심는 엄마

게다가 어느 때는 밭에다 배추나 고추를 몇 포기 심어라, 지금은 김장 배추 씨 뿌릴 때다 또 왜 배추를 여태 안 묶어주었냐 등 몇 평 안되는 밭농사에 대해서도 자꾸 이래라저래라 일러주신다. 이제는 어련히 알아서 잘 할 텐데도 아직도 농사에 대해서는 당신이 가장 잘 안다고 생각하고 윤희네가 하는 것을 못 미더워하신다. 집에 대해서도 엄마는 당신이 마련해 오랫동안 살고 있는 당신 집이라는 생각을 여전히 하시는 것 같다. 또 젊은 시절부터 농부로서 손바닥만 한 땅이라도 놀리지 못하고 콩이라도 심던 생각을 갖고 계시기 때문인지 앞마당이고 뒷마당이고 할 것 없이 어디든 자투리가 있으면 상추, 파, 마늘, 고추 같은 것을 심으려고 하신다. 그런데 이제 윤희는 제가 살고 있는 집이니 제 맘대로 채소보다는 꽃도 나무도 심어 예쁜 정원으로 만들고 싶어 한다.

윤희가 가꾸는 안마당 정원

이렇게 서로 생각이 다르니 엄마가 윤희네랑 부딪히는 일이 잦아지는 것 같다. 점차 엄마 마음대로 몸이 움직여 주지 않으니 갈등이 좀 더 깊어지는 느낌이다. 정신 멀쩡하고 게다가 시골 노인 치고는 너무 똑똑한 우리 엄마는 이제 딸과 사위가 알아서 하게 그냥 믿고 말씀을 아끼면 좋을 텐데. 그런데 내가 이런 말씀을 드리면 우리 엄마는 "내가 그런 말도 못허면 뭐여? 그럼 시방 죽은 목숨이지 살았다고 헐 수 있는 것이냐?" 하고 서운해하신다.

그동안 한서방은 장모님 모시고 살며 말없이 참 많은 일을 했다. 집에서 키운 상추, 마늘, 감자, 고춧가루는 물론이고 고추장 된장까지 담아서 택배로 보내는 일이 허다하다. 봄이면 매실 따서 효소 만들어두었다 나눠주고, 가을이면 감, 대추 따서 보내고, 겨울 되면 김장해서 보내느라 이제는 택배 꾸리는 달인이 되었다. 한서방도 이제 나이 육십을 바라보고 몸도 예전 같지 않으니 피곤한 날에는 장모님 하시는 말씀이 부담스러울 때도 있을 것이다. 그동안 꺼내지 못해 꾹꾹 눌러 놓은 말들이 어느 날 엄마의 말 한마디로 톡 건드려지면 누르고 있던 만큼 톡톡 튀어 올라 서로의 마음을 다치게 하는 말까지 하게 되는 것 같다.

옥상 위에서
감 따는 한서방

200 포기 넘게 김장을
준비하는 윤희네 식구

그러나 갈등이 깊으면 치유에 대한 희망도 그만큼 큰 법이라 믿는다. 서로의 마음을 바닥까지 내어 보였으니 이제 상대방의 입장이 되어 좀 더 이해하는 마음이 넓어졌으면 좋겠다. '꼼지락도 하기 싫은' 엄마를 모시고 사는 우리 윤희와 한서방에게는 어떤 말로도 그 고마움을 다 전할 수 없다. 최근에 보청기를 해드려 이제는 TV 소리라도 크게 들리지 않으니 그나마 좀 조용하게 살 것 같다. 어느 한 신

부님이 강연에서 “부모님 돌아가실 때까지 모시고 산 사람에게는 교황님이 바로 당장 성인 품에 올려야 한다. 시복시성을 위한 조사조차도 필요 없다.”라고 농담으로 말씀하시는 것을 들었다. 그 정도로 어르신을 모시고 사는 것이 어렵다는 말씀일 것이다.

이제 기쁘게 외손주를 기다리는
윤희네 식구들

승범이가 짝은 잘 만났는디

"우리 승범이가 지 짝은 잘 만났는디. 어디가 그런 며느리 얻어? 참 시골 총각 허고 서울 아가씨 하고 만나서. 며느리 집이서 예단을 곱게 히서 보냈어. 그때 원서방한티 오백만 원 빌리다가 결혼시켰어 승범이. 그리서 느들 한복 해주고 이바지하는 돈이다 뭣이다 그렇게 썼어. 그렜더니 큰엄마가 넘덜한티 하는 소리가 결혼식 날 가 본게 즈 식구만 싹 다 한복 해 입고 큰아버지가 승범이 데리고 있었으니까 옷이나 한 벌 해 드릴 줄 알았더니 안 히주었다고 서운 타고 혔어. 사둔네 집이서 이불 열 채를 히왔어. 그런디 열 채 가꼬 번듯이나 허간디. 친척이 많은게. 그서 내가 보태서 더 사고 어찌고 그럭저럭 우습게 헌다고 혔어. 그 집에서는 베갯니도 이쁘게 수놓아서 베개를 똑같은 놈으로 스무 개 보냈어 동네 친구들 주라고. 왼 동네 사람 싹 하나씩 주었지. 참 이불도 열 채나 허고 거창허게 다 혔는디 우리는 우습도 않게 혔지 뭐. 이바지는 얼마나 또 잘 히왔다고. 김치통 두 개에다 갈비를 재서 엄청 잘 히왔었어.

사돈도 나한티 잘혔어. 그리고 참 얌전한 양반이지, 돈 있다고 어떻게 그러겄어. 해마다 생일 돌아오면 선물을 사보냈어 이태끔. 가방도 세 개인가 네 개인가 사줬어. 시방도 갖고 댕기는 게 사돈이 사준 놈이여. 양산 사주었지, 언지 한 번은 화장품도 사왔지. 긍게 내가 줄 것은 없고 맨날 농사지어서 마늘 우리꺼 모자르면 사서라도 꼭 세 접씩 보냈어. 고추장 된장 이태끔 주고. 그것 뿐이 헌 것 없어. 사돈한티 내가 뭣을 사주고 자퍼도 그렇게 눈 높으고 멋쟁이헌티 어떻게 허겄어. 그런 엄마 보고 자라서 며느리가 그렇게 참하고. 에고 시댁 식구 그렇게 많고 그러는데도 아무 소리 안하고. 승범이가 맨날 식구들 모여서 노는 걸 그렇게 좋아하니까. 긍게 얼마나 동네 사람들이 어찌게 그렇게 형제간들이 우애를 허냐고 겁나게 부러했었네."

가을이지!
누나는 지금이 가을인지 느끼고 있는지 모르겠네.
시험이라는 단 한가지가 모든 감각을 마비시켜 버렸어.
월요일부터 하루도 거르지 않고 일주일 내내 시험을 치렀고
다음 월요일에도 골치 아픈 해부학 시험을 치러야 해.
고등학교 시절이 떠오르더라구.
버스 안에서도 해부학 term을 외우고, 날 새우며 공부하고
그 다음날은 많이 자지만.
대학 생활 6년, 지금은 4년 남았지만. 이 기간이
전혀 길다고 느껴지지 않아.
젊음이 닳게 살 수 있는 아주 좋은 기회인 것 같아.
'인생은 즐기는 것이다.'라고 나를 만나는 모든 사람들에게
얘기하지만, 인생을 즐기기는 무척 힘이 들더라구.
그렇지만 우리는 웃음을 잃어서는 안되겠지。

누나 생각이 나서 예전에 썼던 편지와
함께 띄우네 동생 승범이가
90. 10월의 어느날 밤

승범이가 대학생 때 내게 보낸 편지 1

우리 승범이는 서울에 있는 공대에 들어가고 싶어 했다. 그런데 작은 매형이 고등학교 담임 선생님을 찾아가 상담까지 하며 의대를 들어가게 했다. 적성에 잘 맞았는지 어려운 공부를 따라가는 것 같았다. 그런데 의대 졸업도 하기 전에 아버지가 돌아가셨다. 안 그래도 시골에서 빠듯한 살림이었는데 아버지마저 돌아가시고 나니 학비며 생활비며 걱정이 많았다.

그런데 승범이가 사람 복이 많은 지 알게 모르게 도와주는 분들이 많았다. 한동안 전주에 사는 큰아버지 집에서 지내며 형수님이 해주시는 따뜻한 밥을 먹고 공부를 한 적도 있다. 1년을 휴학하는 일까지 생겼는데, 그때도 매달 통장에 생활비를 넣어 주시는 분들이 있어서 그 덕분에 무사히 대학을 졸업할 수 있었다. 나중에 의사가 되어 그렇게 도움 주신 고마운 분들을 잊지 않고 찾아뵙고 감사를 드렸다고 들었다.

DATE

가을 내음을 머금은 밤 기운을 가르며 흘러 드는 귀뚜라미 소리를
들으며 지난날의 서툴렀던 하루하루를 들추어 보는 지금 이 순간이
요즘의 승범이에게는 가장 소중하고 편안한 시간 일거야.
실타래처럼 얽혀있는 일들을 풀고저 매달리고 뛰어올랐던 것들마저
나에게 커다란 시름만을 던져준 것만 같아.
'어느 누구도 나를 이끌어 줄 수 있는 사람은 없다.
나를 바로 세우고 바로 걷게 할 수 있는 사람은 바로 나다.'라는
결론이 타락과 방랑의 기간동안에 건져진 것이지.
솔직히 한 가정을 가진 누나에게 조금이라도 의지하고 폐를 끼치고
싶지 않아.
그렇지만 나의 처지를 가장 잘 이해해 줄 사람이 누나라고 여기기에
이런 글이라도 쓸 수 있나봐.
어떤 어려움 어떤 후회가 있을지라도 나 혼자서 굳건하게 살아가는
모습 보여주고 싶어.
자칭 악돌, 깡돌이라고 언제나 외쳐대고 있지만 악돌 깡돌이처럼
지내기는 무척 힘이 들어.
인생은 멀고도 험한, 외로운 나그네 길이다라고 말하는 사람이 있지.
이 놈은 외로운 나그네라 할지라도 멋있는 나그네가 될거야.
누나도 인생을 즐기면서 살았으면 좋겠어.
근심 걱정을 훌훌 털어버리고 웃으면서 살아가자.

승범

승범이가 대학생 때 내게 보낸 편지 2

승범이는 같은 병원에서 근무하는 자기와 생일이 같은 간호사를 만나 결혼을 했다. 승범이는 시골에서 농사짓는 가난한 집에 홀어머니 아들이었다. 올케는 내 고등학교 적 교과서에도 실린 〈탈고 안 될 전설〉을 쓴 유명한 류주현

작가를 외할아버지로 둔 서울에 사는 유복한 집 딸이었다. 우리 올케는 얼굴 생김처럼 흠잡을 데 없이 두루두루 원만한 성격이다. 가난한 집 장남에게 시집와 살아온 환경이 다른 사람이랑 산다는 것이 그리 쉬운 일은 아니었을 텐데 한 번도 내색하지 않고 예쁘게 살았다. 우리 승범이는 식구들 다 같이 모여서 밥 먹고 노는 것을 그렇게 흐뭇해 했다. 그렇게 모이면 준비할 것도 많고 여러모로 번거롭고 힘들 텐데도 아무 말 없이 웃는 모습으로 우리를 맞이하던 올케가 고맙기 그지없다.

승범이네 세 식구

우리 승범이는 성형외과 의사였는데 어찌 된 영문이었는지 암 덩어리가 제 몸에서 자라는 줄 모르고 있다 병을 안지 3년째 되던 해 50년을 살고 다시 못 올 곳으로 먼저 떠났다. 어느 가을날 병원 침대에 누워 "누나, 나 잘 살았어. 예쁜 나응이 만나 민성이 낳고 행복하게 잘 살았어."라고 내게 말했다. 먼저 떠나며 누나에게 마지막으로 꼭 해주고 싶은 말이었던 것 같다. 그 말을 듣고 가슴이 미어지는 것 같았지만 눈물을 참느라 곱게 물들어가는 창밖의 가을 나뭇잎들만 뚫어지게 바라보았다.

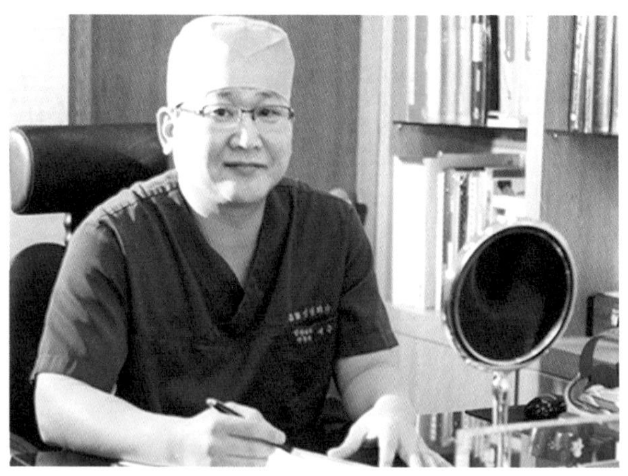

성형외과 개업 시 홈페이지에 올린 사진

그렇게 따뜻하고 믿음직스러운 남편을 먼저 보내고 혼자 아들 하나를 키우는 우리 올케. 고단하고 팍팍할 그 삶을 내가 어찌 다 헤아릴 수 있을까? 그럼에도 불구하고 우리 올케는 지금도 시어머니한테 여전히 안부 전화를 자주 드린다. 가끔 남편도 없는 집에 시어머니를 오시라고 해 하루 이틀 모시고 있으며 시어머니 옆에서 나긋나긋하게 이야기도 잘 해드린다. 우리 엄마가 무뚝뚝한 우리 집 딸들보다 다정하다고 입에 침이 마르도록 칭찬을 하신다. 나는 아들도 없는 집에 며느리 힘들게 눈치 없이 뭐 하러 가시느냐고 엄마한테 싫은 소리를 하기도 한다. 그런데 어머니 서울 올라오시면 우리 집에 며칠 계시다 가시라고 올케가 먼저 제안을 하니 그저 그 고맙고 따뜻한 마음을 알아주는 게 더 나을지도 모르겠다. 우리 엄마도 아들 집에 가서 목소리마저 아들 닮아가는 듬직한 손주를 볼 수 있으니 그 또한 기쁜 일이 아닐까?

야구장에서 즐거운 시간을 보내는 승범이와
아들 민성이

승범이 생각에 날마다 운다

"언제 추석 땐가.... 꿈에, 꿈에 산정리로 그전 같이 느덜 어렸을 때 같이 모다 동네에서 일을 가는디. 만댕이를 올라가는디 명숙이네 옴마가 꽃 한 포기를 줌서 갖다 심어 그러다라고. 꽃을 가꼬 와서 부지런하게 심었는디 방에 들어간게 승범이가 있어. 어찌 이러고 있냐 헌게 돈이 필요하다고혀. 먼 돈이 얼마나 필요하냐고 헌게 28만 원이 필요하다네. 자세허게도. 28만 원 있어야요 엄마. 그먼 내가 일 갈라다 왔다. 내가 30만 원을 주께 그맀더니 좋아서 받어. 내가 나머지는 가지고와 잉? 그맀더니 어 그려. 그려서 산정리로 다시 일허러 가다가 꿈을 깼어. 깨가고 본게 어찌 서운헌지 몰라. 내가 꿈에 돈을 주었응게 잘혔지? 돈을 준게 내가 안 서운하다 잘혔다. 생전 옴마한티 "엄마! 나 돈 얼매 주어." 소리를 안 혔는디 이상하게 학교 댕기다가 와가꼬. 그래서 꿈으 한번 보았다잉.

나는 날마다 운다. 뭣허다 보면 어떻게 보면 승범이 같은 사람이 테레비에 나오고, 또 먹을 것 보면 생각나고. 요번 때는 또 윤희가 장어랑 낙지를 사갔고 왔어. 그 놈을 본게 승범이 생각이 우뚝 나네. "욱아! 너 언지 삼촌집 온게 삼촌이랑 스이 가서 먹었는디, 외숙모는 저그 말레이시아 가고. 그 생각난다." 욱이도 삼촌이 장어 사줘서 잘 먹었다고 허더라고. 날마다 울을 일이 생겨. 안 우는 날이 없어. 어디서 다 그 눈물이 쏟아지나 몰라 참말로."

엄마 생일에 대천 해수욕장에서

승범이가 세상을 뜨고 어느 날 꿈속에서 아들을 만났다고 좋아하신 엄마. 평소 엄마한테 돈 달라 소리를 안 했던 큰아들이 꿈속에서 돈이 필요하다고 달라고 해 얼른 주고 나서 잔돈을 가지고 오라고 했단다. 꿈을 깨고 보니 얼마나 서운했던지, 그래도 보고 싶던 아들이 필요하다는 돈을 주어서 덜 서운했다고 잘한 일이라고 몇 번을 말씀하시며 하염없이 우셨다. 그래서 내가 엄마 잔돈 드리러 또 꿈속에 나올 거니 기다려 보시라고 했다. 얼마나 그리울까 아들이.... 그게 어떤 아들이었는데. 동생을 보낸 나도 사지 하나를 잃은 느낌인데 자식을 먼저 보낸 엄마의 고통을 어찌 다 말할 수 있을까? 벌써 3년이 지나니 이제는 바람 소리에도 흘러가는 구름에도 꽃에 앉은 나비에도 우리 승범이가 함께 있을 거라 믿으며 그리움을 달랜다.

우리 엄마 말에 의하면 내 동생 승범이는 어린 시절부터 어느 것 하나 버릴 것 없이 참 똑똑하고 든든하고 대견스러웠다. 초등학교 다닐 때부터 공부도 잘하고 웅변도 참 잘했다. 그 당시에는 웅변대회가 있었는데 학교 대표로 나가서 전라북도 대회에서도 수상을 할 정도로 대단했다. 학교에서 돌아올 때 작은 산들이 몇 개 있었는데, 그 숲속을 걸어오며 큰소리로 "이 연사 이렇게 외칩니다."로 끝맺는 웅변 연습을 하며 신나게 다닌 기억이 난다. 초등학교 고학년 때는 학생회장을 맡아 전체 운동장 조회를 할 때마다 맨 앞에서 학생 대표로 인사를 했단다. 키는 조그만 녀석이 어떻게 우렁찬 소리를 냈는지 운동회 할 때 가서 보면 그 아들이 그렇게 자랑스러울 수가 없었단다.

우리 엄마가 딸만 조르르 셋을 낳고 넷째로 아들을 낳으니 세상을 다 얻은 것 같았다고 했다. 그런데 그 아들이 학교 다니며 공부도 잘하고 똑 부러지고 학생회장까지 하니 엄마에게는 남부럽지 않은 자식이고 기쁨 그 자체였을 것이다. 승범이가 학생회장을 하니까 엄마가 학부모회를 참가하기도 하셨나 보다. 어느 날 집에서 음식을 만들어 손수레에 싣고 가 학교 운동장에서 선생님들을 대접해 드렸다는 말씀도 잊지 않으셨다.

"승범이가 국민핵교 5학년 때 학생회장을 힜어. 쬐깐헌 것이 앞에서 "교장선생님께 차렷, 인사!" 허면 그 산천이 쩌렁쩌렁허게 울리게 힜어. 쪼깐혀도 어떻게 똑똑하다고 사람들이 칭찬을 했샀지. 그때부톰 히가꼬 2년을 힜어. 그런게 내가 승범이가 저기 허고 헌게 학교를 더 오라고 혀. 승범이네 엄마 오시오 오시오 히서 먼 회 헐때면 갔지. 언지 한 번은 리아카에다 음식을 챙기가꼬 학교를 갔어. 애통리 어머니회장 양반허고 나하고 학교 가서 챙기서 선생들 대접을 힜어. 그때만 히도 왜 땅에다 챙깄는지 몰라. 땅에다 다 챙기 놓고, 동그래미 앉아서 먹고. 은다리 시숙 오라고 히가꼬 빈그릇 실고 오고 그맀네. 비고리 큰엄마 한테는 뭐 없어도 빚을 내가꼬라도 학교 쫓아 댕긴다고 한 소리를 다 들었었네. 시방 생각허면 어떻게 그렇게 내한티 헐뜯게 좋은 말만 안하고 나쁜 말만 힜었는가 몰라."

승범이 초등학교 졸업 기념
엄마, 나, 승범 그리고 아버지

승범이 의과대학 졸업 기념

성용이는
순허게만 컸어

"성용이는 순하게만 컸어. 성 따라 댕기면서 성허고 생전 쌈도 안허고. 근디 어렸을 때부터 공부에 취미가 없었어. 숙제허라 숙제허라 허가꼬 숙제도 허가고. 솔찬히 커서는 공부 좀 혀 공부 좀 혀 그러면 '맨날 학교가면 성한테 치여가꼬 성은 공부 잘하는데 너는 그러냐고 선생님들이 그려. 근데 집에 오면 엄마까지 공부하라고 했싸요." 그랬어. 그리고 책가방을 마루에다 집어 던지고 그 이튿날 걍 도로 갖고 갔어. 그것 때문에 맨날 성화댔지.

근디 농고에다 원서를 냈잖아. 어떻게 내가 부아

가 나는가 때려 죽이라면 죽이겠어. 물어도 안 보고 농고에다 원서를 내가꼬. 그도 어쩌. 지가 그렇게 헌 당게. 농고 축산과를 다녔던가. 우리집에서 돼지를 사서 행랑채에서 키우는디 새끼를 뱄어. 근디 지가 그 놈을 새끼를 다 갈랐어. 어디서 텐트를 가꼬 와서 마당에다 텐트를 쳐놓고. 저녁에 한 마리 나면 가서 해복간 해서 데리다 놓고 다라이에다 놓고 그러드만. 되야지 새끼는 낳으면 한티다 안 놓아둔디야. 입 닦고 이빨 자르고 해복간 히가꼬 딱딱 닦어서 다라이다 갖다 놓고. 여섯 마린가를 키웠는디 그 다음해 되야지 금이 엄청 싸네 또. 그래가꼬 헐값으로 헐값으로 다 팔었지."

승범이와 성용이 어릴 적

성용이 초등학교 졸업 기념

우리 집 막둥이 성용이는 중학교 들어가서부터는 공부를 잘 안 했다. 우등생인데다 학생회장까지 맡은 형을 아는 선생님으로부터 "니가 승범이 동생이냐? 그런데 너는 왜 점수가 이 모양이야?"라는 소리를 듣고 뺨까지 맞은 적이 있었다. 그 이후로 비교 당하기 너무 싫어 공부를 아예 안 했다고 했다. 초등학교부터 중학교까지 우리 남매 모두 같은 학교를 다녔다. 그래서 가족 관계를 잘 알고 있는 선생님들이 공부 잘하던 누나랑 형 이야기를 하면 성용이는 기분도 나쁘고 열등감이 생겼다고 한다. 지금도 술이라도 마시고 옛날 생각나면 또 이야기를 꺼낼 정도이다. 내가 학교에 근무할 때 "누나, 제발 학생들 공부로 비교하지 마. 그게 얼마나 큰 상처로 남는 줄 알아?" 이런 말을 여러 번 했었다.

어렸을 적에는 동물에 대한 관심과 사랑이 남달라 나중에 커서 큰 목장을 하는 꿈을 갖고 있었다. 집에서 키우는 강아지도 지극 정성으로 보살폈다. 언젠가 내 생일에 성용이가 '모고지'라는 앞 동네 방앗간으로 쌀을 빻으러 심부름을 가게 되었다. 없는 살림이었지만 우리 엄마는 내 생일이면 꼭 떡을 해주었다. 그래서 자전거 뒤에 강아지도 데리고 갔는데, 방앗간에서 일을 보는 사이에 강아지가 지나가는 차에 치여 먼 나라로 가게 된 것이다. 말도 안 하고 시무룩한 표정으로 쌀을 빻아 돌아왔지만 영문도 모른 채 엄마는 맛있어 보이는 흑임자떡을 쪄서 내왔다. 그런데 성용이가 울기 시작했다. 계속 울면서 자초지종을 털어놓는 동생 앞에서 우리도 놀라고 슬퍼서 그날 저녁 아무도 내 생일 떡을 맛볼 수가 없었다.

"언지 한 번 아는 여자 친구 있다고 데리고 왔는디 키가 이만 히가꼬. 지금은 통통히기나 허지. 빼짝 말라가꼬 호리호리 헌디 그런 아가씨를 데리고 왔더라고. 어떻게 내가 부아가 나야지. 성용이는 그렇게 부아가 날 짓만 히여. 그놈 아가씨 데라고 혀도 소양 없어. 지네 엄마도 없이 아버지하고 산다는 것이여. 그런데 민호가 덜컥 생겨서 결혼을 혔지. 성용이는 처갓집도 없이 장가 가면서 내가 다 민호 엄마 히주어가면서 결혼시켰지. 옷도 사 입히고 반지 하나 해주었던가 기억이 가물가물허네. 가네들은 우습게 결혼식 혔어. 재우 결혼식만 마치고 고생하고 살다가 서울로 친엄마 찾아 온다고 서울로 이사를 갔어.

그렇게 히서 서울와서는 알게 모르게 승범이가 도와주었는가 보드라고. 그래서 여태 형하고 의견 다

툼 한 번 안 해보고 성을 성으로도 알고 아버지로도 알고 살고 있다고 허더라고. 인제 자식들도 그 만큼은 크고 민호 애미도 치과 댕김서 웬만큼 번다고 헌게 이제 성용이도 쪼께 잊어버리져. 그리서 내가 "너 거그 열심히 다녀가꼬 나중에라도 키광이 형 같이 그런 사업허고 살어." 그랬더니 저도 그럴 생각이다고 그러더라고."

성용이 처는 성용이보다 키가 훨씬 크다. 엄마가 처음 봤을 때 키는 큰 아가씨가 머리는 엉덩이 닿게 길게 늘어뜨리고 있어서 마음에 들지 않았다고 했다. 게다가 어떤 연유로 아기 때부터 엄마 없이 아버지 혼자 키웠다고 하니 가뜩이나 더 마뜩지 않아 하셨다. 결혼 초반에는 엄마한테 안부전화를 하도 안 해서 엄마가 서운해하며 전화 좀 자주 하라고 혼내기도 했다. 그런데 살아보니 우리 올케는 맺힌 것이 없이 쾌활하고 밝은 성격이다. 살림도 야무지게 하고 오랫동안 치과에 근무하며 능력 있고 친절해 단골 환자들이 많이 찾는다고 한다. 이제는 올케도 친엄마를 만나 예전에 못다 받은 사랑을 한껏 받으며 산다. 친정 엄마가 때마다 김치랑 반찬을 한가득씩 보내고, 시골에서 농사지은 쌀이며 참기름 들기름 등 여러 음식 재료까지 듬뿍 보내주신다.

민혁이 첫돌 축하

성용이는 결혼하고 힘들게 살림을 꾸려왔다. 아이들 어릴 적에 반지하 방에 살면서 고생도 많았고 전세 보증금을 못 받아 한동안 돈이 없어 엄청 힘들어했다는 것을 최근에야 알았다. 그런데도 엄마한테는 도와달라고 차마 말을 못 했다고 한다. 어렵게 사는 것을 알고 있는 형 승범이는 제 살기도 빠듯한데 소리 없이 성용이를 도와주었나 보다. 그러니 동생에게는 형이 얼마나 든든한 언덕이었을까? 그런데 나는 내 살기에 너무 바빠 성용이가 그렇게 어렵게 살고 있는 줄 알지 못했다. 지금도 그 생각만 하면 마음이 시리고 미안하기만 하다. 우리 큰 딸 지현이가 장애를 가지고 태어나 어떻게든 재활 치료를 해보겠다고 발을 동동거리며 장애인복지관을 왔다 갔다 하고, 그러다 휴직을 하니 경제적으로 너무 쪼들린 상태라 다른 데 눈을 돌릴 겨를이 없이 살았던 것이다.

그렇게 어려운 시간을 보내고 막둥이가 이제 드디어 집을 마련해서 이사를 가게 되었다. 올해 엄마가 우리 집에 계시던 어느 날 올케한테 전화가 왔다. “어머니, 저희 집 샀어요. 어머니 기쁘시라고 제일 먼저 전화드렸어요.” 넓은 아파트는 아니지만 그래도 제 식구 마음 편히 지낼 집을 드디어 장만한 것이다. 우리 엄마는 이제 세상 더 바랄 것이 없다고 하신다. 어릴 적부터 순하게만 크고 힘들어도 엄마한테 손 한번 안 벌리던 막내아들이었는데, 이제 아무 걱정 할 것이 없다고 좋아하신다.

엄마 칠순 기념 여행으로 간 워터파크에서

II. 막내딸이라
끝님이로 지었디야

태봉국민핵교
댕깄어

"뭣이고 남한테 빠지고 싶은 마음은 없이 컸는디. 어렸을때도 학교 졸업허드랑은 성적도 좋아가지고 학교에서 여자들 18명이고 남자 40명 58명있어. 분교인 학교인게 한 학년으 한 반 있었지. 구이 국민학교서 그리 분교험서 처음에는 1, 2학년들만 그 재실이라고 있었어. 학교 지을 동안만 거기서 했어. 우리 1학년 때 그 재실서 입학했어. 그리고 나중에는 학생들이 책보 가꼬 댕김서 자갈 날르고 모래 날르고 그렇게 히어가꼬 그 학교를 지었어. 그리고 태봉국민학교[1]가 되얐어.

---

1) 1946년 구이초등학교 태실분교로 개교 후 1949년 태봉국민학교로 승격.
출처:태봉초등학교 홈페이지 https://school.jbedu.kr/jb-taebong/M010209/

우리반으서 키는 제일 작아도 앞줄에 서가꼬 공부는 여자 18명 중에서 제일 잘힜어. 긍게 상장 받은 놈이 와이셔츠 상자로 하나였어. 시집올 때 두고 온 게 이섭이가 그놈을 보고 "고모는 학교 다닐 때 상장 받은 놈이 상자로 하나 있더라."라고 그러더라. 뭣이고 잘 힜은게. 미술도 잘하고 음악도 잘히서 구이 학교에서 음악 대회도 나가고 근디 내가 체육은 못 힜어. 철봉 같은 것이랑은 못허고. 국어를 젤로 잘허고. 그렇게 히서 졸업 맞고 난게 외할머니가 우리 딸은 공부 잘헌게 중핵교 갈쳐 가꼬 선생 시켜야겄네라고 말힜어. 근디 외할머니가 열다섯 살에 아파 가꼬 열여섯살 먹은게 돌아가싰잖아. 돌아가시니 중학교는 커녕 뭐. 할머니 돌아가시기 전까지는 호강시럽게 참 넘의 축에 안 빠지게 살었지. 나 부러워하는 사람 많았었어. 근디 돌아가시고 난게 걍 개판되야 버렸지. 맨날 울면서 6년간 살았지 올케 밑이서."

초등학교 다닐 때 공부를 잘했다는 우리 엄마! 체육 빼놓고는 뭐든지 잘해서 상을 많이 받았다고 자랑하셨다. 공부를 잘하니 더 공부시켜 선생님 만들라고 했는데 외할머니가 돌아가시는 바람에 중학교 입학은 엄두도 못 냈다고 한다. 예전에는 초등학교 동창 8명이 가끔 만나서 식사도 하고 옛날이야기도 하며 즐거운 시간을 보내셨다. 동창 모임을 하면 남자 동창 몇 사람이 “내가 그리 장개 갈라고 혔는디.” 또는 “손 한 번 잡아보고 싶었는디.” 우스개로 말하면 엄마는 "그때 편지라도 쓰지 이제 말하면 무슨 소용 있냐?"며 한바탕 웃으셨다고 한다. 엄마가 워낙 얌전하고 똑똑하니까 남자 동급생들이 좋아하는 사람이 많았다고 한다. 지금은 엄마가 자유롭게 걸어 다니지 못하니 친구들을 거의 못 만나신다.

가장 친한 여자 친구는 서울에 사시는데 내 신혼 시절 엄마가 서울에 백내장 수술하러 오셨을 때 우리 집에 놀러 오시기도 했다. 아들 친구를 3년이나 데리고 살 정도로 마음씨도 곱고 부자로 잘 살았는데 이제 암에 걸려 투병 중이라 만나지 못하고 자주 전화 통화만 하신다며 몹시 서운해하신다. 또 아랫동네 살던 남자 동창은 교회에서 연애해 만난 동갑쟁이 친구와 결혼해 목사이며 구이 면사무소에서 공무원도 했는데 몇 년 전 트랙터 사고로 돌아가셨다며 엄마는 가는 세월을 아쉬워한다.

엄마 태봉국민학교 시절 담임 선생님과 함께

밤이면 정각산 빨치산들이 내려와

"빨치산들이 저 정각산[2)]이란 산으다 고지를 지어놓고 저녁이면 내리와서 청년들은 다 데리갔어. 안 가먼 별 수 없은게 잡어 죽인게. 총 맞어 죽은 사람도 많어 안 간다고. 긍게 삼촌도 어쩔 수없이 따라 댕깄어. 저녁이면 거그 가서 일허고 낮이면 경찰들이 와서 거그 따라 댕깄다고 조사히가꼬 사람을 쥑일라고 그렇게 고생을 엄청 했어. 긍게 집에 있는 소 되야지고 개고 닭이고 빨치산들이 다 잡어갔어. 뭐 먹을거 없은게 다 산에 가서 잡아먹고 살을라고. 긍게 6.25 지내서 산에

2) 경각산의 잘못된 발음

나물을 캐러 가면 어디는 재봉침도 있고 밥그릇 수저도 있고 마을에서 가져간 놈이 다 있다고 했어.

그 동네 빨치산들이 그 밤에 내려와서 이장네 집도 불태우고 막 걍 와서 불이 훤허니 탄다고 히서 누가 내다나 볼 수 있간디? 빨치산들 땜에 못나가. 타면 탔지. 몇 집을 그렇게 불태우고. 새벽이면 와서 또 사람들을 데려가. 끄져다가 총 쏴서 어디 논 구탱이 다 쏘아 죽이고 밭 구탱이다 쏘아 죽이고 걍 그리 가꼬 많이 죽었어. 그렇게들 그 근방 사람들은 엄청 고생했어. 그 모악산허고 우리 동네 옆은 정각산에다 본부를 지어놓고 저녁이면 가만히 있으면 김동무 뭔동무 하는 소리가 집이까지 들려. 막 동무 동무 그런 소리 듣고 찍소리도 못하고 그렇게 살었어. 저녁 돌아오는 것이 겁나게 무서웠어.

나 아홉 살 때 동지달 열여드렛 날이 할아버지 환

갑이었어. 환갑 날 먹을라고 할머니가 강정이랑 부수개 했었는디. 그리고 할머니가 질쌈을 해서 무시 구덩이 같이 땅을 파서 이불 하나 만큼 거기 항아리에 묻어 놓았어. 빨치산이 가지간게. 한 필씩 헌 놈을 한 이십 필이나 넣어 놨을 것이여. 아 그랬더니 빨치산들한테는 다행히 안 걸렸는디. 대한민국 경찰들이 삼촌이 빨치산하고 같이 일하고 댕겼다고 삼촌을 데리간거여. 집에 와서 조사를 다 하고. 아! 어떻게 해서 창을 쑤신게 항아리에 닿으면 더글더글 소리가 날 거 아니여? 근디 그 놈을 흙을 파내고는 뚝 할아버지보고 하나씩 하나씩 꺼내라네. 자기네들은 가만히 서서 썩을 놈들이. 그 놈 다 꺼내서 이불보에 싸서 마을회관에다 져다 주고 왔어.

그러고나서 그 양반이 속에 화가 들었어. 생일날 밥도 못얻어 먹고 난리가 났어. 그 이듬해 농사 유도벼히서 8월 그 놈 익은 놈으로 뜯어다 할머니가 확독에

갈아서 받쳐서 끓여 죽 해서 드리니 그것 드시고 며칠 안 있어 돌아가싰어. 그때만해도 영호를 마룽에다 히놓고 삼년을 밥을 지성으로 해놨어. 아홉 살때 복 치매를 히주었는디 작은게 학교 댕김서 키도 크니까 그 이듬해 제사 지낼 때 새로 해주더라고. 매달 초하룻날허고 보름날이면 그놈을 입고 영호에다 제사를 지내."

엄마가 어린 시절 살았던 나의 외갓집은 왼쪽으로는 경각산이 오른쪽으로는 모악산이 보이는 구암리 귀동 마을이다. 거북 바위가 있어서 귀암(龜岩)이었는데 일제 강점기에 쓰기나 부르기가 어렵다는 이유로 구암(九岩)리로 부르게 되었다[3]고 한다. 동네 사람들이 우리 엄마를 '귀둥떡'으로 부르는 것은 귀동댁을 사투리로 편하게 발음하기 때문이다.

1940년에 태어난 엄마는 한국전쟁이 일어나기 전후, 밤

3) 출처: 완주군 홈페이지. https://www.wanju.go.kr/eup/index.wanju?menuCd=DOM_000001007003000000

에는 빨치산이 낮에는 경찰이 세력을 잡던 그 살벌한 분위기에서 초등학교 시절을 보내야 했다. 정각사가 그 아래에 있어서 우리 엄마는 정각산이라고 발음하는 것 같은데, 경각산은 지금은 방탄소년단(BTS)이 다녀간 유명한 패러글라이딩 명소로도 알려져 있다. 모악산은 내가 다닌 이서국민학교의 교가에도 등장하는 어머니의 품과 같은 산이다.

엄마의 기억으로는 경각산과 모악산에 빨치산들이 도당이나 면당을 차려 놓고 밤에 내려와 험한 일을 저지르고 갔다고 한다. 무시무시한 그 시절 엄마는 밤만 되면 빨치산들이 내려와 약탈과 파괴를 일삼는 바람에 너무 무서웠다며 몸서리를 치셨다.

밤에는 빨치산들이 내려와 젊은이들을 데려가 부역을 시켰으니 목숨을 부지하기 위해서는 우리 큰 삼촌도 어찌할 수 없는 형편이었을 것이다. 그런데 낮에 경찰이 부역한 사람을 색출하는 과정에서 우리 외갓집에도 와서 검색을 하다 일이 벌어져 엄마는 아버지가 돌아가시는 시련을 겪었다. 할아버지 환갑잔치를 위해 준비한 음식이며 이불을 빨치산들에게 뺏기지 않으려 땅속에 항아리를 묻고 그 안에 숨겨 놓았는데, 그것이 경찰에게 발각되어 모두 경찰에게 뺏기고 말았단다. 그 뒤로 할아버지는 속병이 나서 앓아누우시고 얼마 안 있어 돌아가시게 되었다고 한다. 그래서 3년 동안 검은 상복을 입고 학교에 다녔고, 마루에 차려 놓은 제사상에 매월 음력 초하루와 보름날에 제사를 지냈다고 했다.

이렇게 한국전쟁을 전후로 이념의 대립과 진영 간의 갈등으로 수많은 무고한 사람들이 재산과 인명 피해를 입었는데 우리 엄마에게도 그런 일들이 큰 충격으로 남아 있는 것 같다. 그런 말씀을 하실 때면 아직도 몸서리를 친다. 이런 일은 다만 우리 엄마가 살던 고향에서뿐 아니라 전국 여러 곳에서 일어났고, 더러는 아직도 치유되거나 화해하지 않은 상처로 남아있는 경우도 있으니 우리 근현대사의 아픈 흔적이다.

큰 삼촌과 큰 이모

열여섯에 어머니가 돌아가싰어

"여름에 아파가고 그 이듬해 2월에 돌아가싰어. 멀쩡한 양반이. 그때 전주 서학동 외삼촌이 서울 가서 금박 공장에 있었어. 그때만히도 호적등본 그것을 띠어서 부치면 또 안 들어갔다고 다시 띠어 보내라고 몇 번을 그러니까 당신이 띠어 갔고 올라갔어. 우리 오마니도 똑똑헌게 어떻게히서 서울을 당신이 갔던가벼. 칠월달으. 서울 갔다 오더니 시름시름 아펐어. 여름 농사진 것을 타작헌 놈 보리를 점쟁이한테 다 퍼내 쏘고. 오라부덕이 맨날 댕김서 점치로만 댕기고. 점쳐다가 무당이 와서 빌고 빌고. 그놈으 보리 다 퍼내쏘고 그리까고 칠월부터 팔월 내동 시름시름 아프고헌게.

그 전에는 아펐을 때 지금같이 병원이라도 다니고 했으면 안 돌아가실지도 몰라. 설 쇠고 2월달에 돌아가셨으니 쉰여섯 살에 돌아가싰어.

아퍼감서도 낼 모래 설 쇨라고 부수개 강정까지 당신 손으로 다 해놓고 돌아가셨어. 애덜 먹으라고. 그 양반이 조개젓을 먹고 싶다고 해서 한나잘 내 걸어서 전주 가서 집 오면 해가 어심어심히여. 또 언지는 소 천엽을 사오래여. 천엽이 머냥게 군인색 털수건 갈치면서 이렇게 생긴거 고기집 가서 돌래면 준다고. 어너니 천엽 돌란게 그렇게 생긴거 주어. 사다가 깨끗이 빨아서 국 끓여 잡수고 무쳐서 회로 잡수고. 옴마 땜이 전주 세 번인가 갔어. 그러고는 한 번 약지로 오고. 지금같이 뭐시나 좋냐? 옛날 풍로에다 숯 놓고 바람 불어서 거그다가 죽 끓이고 약 댈이고 음식혔어. 시한 내동 엄마 구완을 혔어. 근디 인자 하루 저녁으는 곤히 자는디 발로 껀들어. "야야! 일어나봐. 배가 딱 고프다." 그려서 나가 녹두죽을 끓여 논 놈을 갖다 드리고 먹는 것까지 봤는디. 그 놈 뎁혀다 주고 나는 엄마 옆으서 꼬꾸라져서 잠들었던거여. 새복에 갑작시리 이상허더라고."

우리 외할머니는 재혼을 해서 전주 서학동 삼촌하고 엄마하고 둘을 낳았다. 외할머니가 시집오니 둘째 외삼촌이 네 살인데 빈 젖부리를 먹여 키웠단다. 우리 엄마는 마흔이 다 되어 늦게 낳아서 이름을 끝님이라고 지었단다. 끝님이를 한자 이름으로 옮기니 말임이가 된 것이다. 외할아버지가 돌아가실 때는 외할머니가 살아 계시니까 그렇게 비통한 줄 모르고 살았는데, 외할머니가 돌아가시고 나서는 의지할 데가 없어 매일 눈물바람이었다고 한다. 할머니 장례를 치른 후 세 살 위인 작은 외삼촌이 서울에 있는 직장으로 돌아가기 전, 엄마를 전주에 데려가 외할머니 주민등록증에 있던 사진을 작은 사진틀에 넣어 주었단다. 그 사진을 들고 엄마는 기차역에서부터 당신의 엄마 사진을 안고 울며 울며 집으로 돌아왔단다.

오른쪽이 작은 외삼촌

오라부덕 시집살이가 매웠단게

"큰 외삼촌은 내기다 "너 왜 그러냐?" "저놈의 지지배!" 그런 소리 한 번 안 힜어. 그런디 외숙모가. 키는 커갔고. 쉽게 말허면 이문동 백구정댁 같이 펄렁거리고 댕겨. 하! 걍 아침 새복같이 이 집 가고 저 집 가고. 살림은 딱 내기다 맽겨버리고. 아주 유명났어 그 외숙모는. 말대가리 설 삶아 놓은 것 같이 돌아 댕긴다고. 덜렁덜렁 허고 댕기는 사람들에게 그런 소리 힜거든. 옛날에는 산으가 그 갈대나무를 집동고리 같이 히놓고 거그서 빼다 쓰면 부엌 큰 가마솥을 세 개 걸어놓고 쓴게 재가 차서 죽겄어. 근디 그거 한번 안 치어내줬어. 아침에도 일찍 일어나서 그걸 꺼내야 밥을 허거든. 그 쪼끄만헌 것이 열여섯 살 먹음성부터 재를 퍼내고 밥을 허고, 여름 돌아오면 보리 도구통으다 찌어가지고 확독으다 갈어서 그놈의 밥을 다 히먹고. 아이고 내 들일은 안 혔지만 안살림은 내가 다 혔어. 빨래허고 바느질허고 밥 히먹고. 할머니 돌아가심서 스물한 살 때까지.

외숙모는 순전 내기다 맽겨 놓고 집살림은 허덜 않는 것이여. 들일만 허고. 서학동 삼촌이 아파서 1년간 집이 내려와 내가 병구완 해줄 때가 있었어. 아랫방에서 팜나 보면 힘도 없는 동생이 그렇게 혼자 살림을 허고 도굿대질해서 자기 죽 끓여준 일을 생각히서 외숙모더러 그렇게 좀 허지 말고 집안일조께 허라고 헌게 막 싸움을 허는 거여. 당신이 걍 누구 살림으로 살간디 그러냐고. 우리 아버지 어머니가 모아논 돈으로 살음성 멋대미 어린 내 동생기다 시키먹냐고 막. 당신도 딸 있은게 내가 볼란다고 그리가면서 싸우더라고.

어찌서 그전으는 손톱 밑도 그렇게 애렸나 몰라. 세상으 시방 생각히보믄. 그리가꼬 밥도 히먹고 빨래 허고 긍게 보다 보다 삼촌이 한바탕 쌈을 힜나봐."

외할머니가 돌아가신 이후로 엄마는 집안일을 도맡아 했단다. 큰 외숙모는 들일만하러 다니고 집안일은 전혀 신경을 쓰지 않으셨단다. 밥하고 빨래하고 옷도 꿰매고 심지어 옷도 만들었다고 한다. 당시에는 옷을 냇가에 가서 빨아 며칠 잿물에 우린 뒤에 다듬이질까지 하고 꿰매야 했기 때문에 자그마치 손이 여러 번 가야만 했다. 게다가 방앗간도 제대로 없으니 여름에는 절구질을 해서 보리를 빻아 밥을 해먹었으니 손톱 밑이 아릴 정도로 고생스러웠단다. 그런 모습을 본 작은 삼촌이 큰 외숙모에게 왜 그렇게 동생을 부려먹느냐고 말했다 둘이 서로 입씨름을 하는 지경까지 이르렀단다. 큰 삼촌 옷까지 엄마가 만들어 주었단다. 외할머니가 생전에 목화 재배해서 그것으로 짜 놓은 천이랑 모시로 삼아 놓은 베로 철마다 큰삼촌 두루마기를 해드렸단다.

그러니 보다 못한 동네 사람들이 "한 집이서 올케 시집살이 허지 말고 공장 가서 돈 벌고 살어."라고 조언을 하기도 하고 "끝님이 시집가면 한절리떡은 바느질 못히서도 못 살 것이다."라고 말할 정도였단다. 시집올 때는 속옷 10개, 바지 10개, 저고리 10개, 여름 모시 적삼 10개 등 옷을 열 벌씩 '농지기'라고 하는 혼수를 손수 만들어 왔단다. 외할머니가 길쌈해놓은 베로 그리고 삼촌들이 명절에 올 때 선물로 떠온 옷감을 모아두었다 엄마가 손수 재봉질해서 만들었단다. 큰 외숙모는 이불솜을 만들어줘 그것으로 이불을 했단다.

젊은 시절 외숙모 밑에서 하도 고생을 많이 한 덕분에 엄마는 시집와서는 어려움이 전혀 없었단다. 한복 바느질 솜씨가 좋다고 동네에서 소문이 나서 같은 동네에 사는 시누이 댁 한복도 해주고 칭찬을 받았단다. 그 이후 인근 동네의 한복 일감도 맡아 약간의 용돈을 벌기도 했다고 한다. 게다가 시집오기 전부터 된장이랑 고추장을 담글 줄 알고 있으니 시집와서 시어머니와 살 때도 살림살이가 훨씬 수월했다고 한다.

엄마 결혼식 때. 뒷줄 왼쪽에서 두번째가 우리 큰 외숙모

4에치 클럽도 허고 미싱도 배웠지

"큰애기 때 동네가 큰게 50명이 되야 남자 여자 다 뫼야노먼. 100가구가 넘는 동넨디 그란컸어? 긍게 4에치 클럽이라는 단체가 있어가꼬 동네서 운영을 허고 살었어. 내가 공부도 잘허고 영리헌게 4에치 회장했어 여자. 저 전주 덕진 어디까지. 구이서 덕진이 그렇게 먼디 새벽같이 걸어가서 품평회 허는 디를 가고. 뭐 농사지어서 잘 된 것은 거그 가서 내놓고 상 받고 그렸었어. 그때만히도 무거운 놈으 늙은 호박 그런 것도 가져갔지. 긍게 큰 외삼촌도 맨날 자랑했어. "우리 동생은 영리히가꼬 이런데 가서 상 타온다."고 그렸었어. 그때만히도 외숙모한티 꼼짝 못허고 쥐여 살았어도 나가서 그 짓은 혔어. 저녁에 마을 회관 가서 회의 허고 한달 동안 계획했던 걸 히가꼬 가고 그렸지.

저 아랫동네 지등, 와동, 거그가 동네가 몇 동네 되거든 우리 한 구역으가. 거그 댕김서 노래도 가서 허고 장기자랑도 허고. 네 다섯 동네서 모여서 젊은이들이 뭉쳐 댕깄어. 거그 구암리에 교회가 있어가꼬 우아래 동네서 연애히서 시집간 사람 많어. 예배당이 아니라 연애당이다고 옛날으는 그렸었는디. 근디 나는 외숙모가 엄청 호랭이 같아서 만약으 제 시간 늦으면 막 늦게 왔다고 혼내게 딱 그 시간 되면 집이 와야여.

농촌지도소에서 미싱도 배웠네. 농촌지도소에서 소장이 미싱까지 가져와 미싱을 갈쳤어. 앞치마도 이쁘게 만들어가꼬 여그 가운데다가 자크 달었어. 그런 놈을 입고 밭이 가가꼬 고추 따서 자크만 열면 쏙 쏟아지고. 또 뭐냐. 목화도 따가꼬 자크만 열면 푸

대 속으로 쏙 들어가고. 젊어서 배워서 내가 꽤나 솜씨가 있었지. 시집와서 부녀회 만들어가꼬. 그때 부녀회장 험서 동네 사람들 부라우스 만들어서 나눠주었잖아. 돈은 인자 걷어가꼬 천을 떠다가 내가 만들어서 다 주었었어. 집집이 하나씩 파란색으로. 그때만 히도 새마을 운동허고 살을 때."

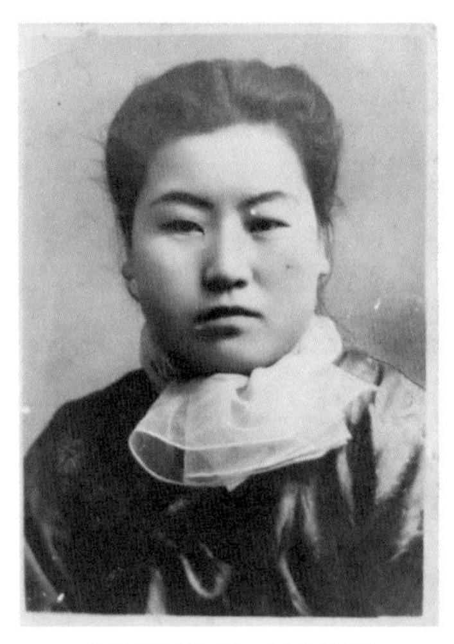

엄마의 빛나는 처녀 시절

엄마는 4H가 무슨 뜻인지도 잘 모른다. 그럼에도 불구하고 처녀 시절 열심히 활동했던 그 당시에는 '구락부'라고 불린 4H 클럽 이야기를 재미있게 말씀하셨다. 인근 동네 교회를 활동 장소로 사용하고 있었는데, 인근 마을 처녀 총각들이 모여 활동을 했기 때문에 젊은이들의 사랑이 이루어져 결혼하는 커플이 생기기도 했단다. 우리 엄마는 함께 사는 외숙모가 무서워 밤늦게까지 예배당에서 머무를 수 없어 연애 한 번 못해 아쉬웠다고 솔직하게 말씀하셨다.

그리고 4H 클럽을 하며 한 달에 한 번 정도 모여 월례 회의를 한 것도 잘 기억하신다. 특히, 클럽 활동 중에 농촌 지도소에서 나와 재봉틀 사용하는 것을 가르쳐 준 것을 매우 고맙게 생각한다. 그때 배운 재봉틀로 시집올 때 혼수도 손수 할 수 있었다. 시집와서는 동네 부녀회 활동할 때 부녀회원들 블라우스를 만들어 단체복으로 입었다고 한다. 그 좋은 재봉틀을 사는 게 소원이었는데 그 당시 쌀 세 가마 값이나 되어 엄두가 못 냈는데, 나중에 작은 외삼촌이 돌아가시며 물려준 것을 오래전까지 썼다. 그 낡은 재봉틀로 우리 딸들 어릴 적 턱받이도 만들어주고 예쁜 꽃무늬 잠옷도 만들어주었다. 그런데 지금은 팔도 아프고 무릎도 아파 앉아서 재봉틀을 돌릴 수가 없으니 딱한 노릇이다.

1970년대 새마을운동이 시작될 무렵 우리 동네 이문동에서 엄마가 부녀회를 만들어 첫 번째로 부녀회장을 했다. 처녀 시절 4H 클럽 회장을 한 경험 덕분이었을 것이다. 농사일이 바쁜 중에도 동네 일로 분주한 엄마에게 아버지가 핀잔을 하는 걸 들은 기억이 있다. 뽀빠이, 라면, 가루세제 하이타이, 비누 같은 생활용품들을 면 소재지나 시내에서 사와 우리 집 벽장에 넣어 두고 동네 사람들한테 팔아 공금을 마련했다. 동네에 가게가 없던 시절의 일이었다. 처음에는 우리 집에서 하다 나중에는 한 집씩 돌아가며 맡았다. 우리 집에서 할 때 우리 엄마가 연필에 침을 묻혀가며 계산을 하느라 눈이 빠지면 나도 옆에서 셈을 도와주었던 기억이 있다. 엄마 말씀으로는 그때는 부녀회장을 해도 지금처럼 회의 참석비 등의 활동비가 전혀 없었다고 한다. 나중에 부녀회장을 오래 하고 물러날 때 동네에서 수고했다고 손시계를 하나 사주었다고 기억하고 계신다.

초산날이면 떡을 허잖어

"그 쪼깐헌 방으서 막 애기를 낳는디 어찌서 그렇게 니가 그렇게 울었샀냐고. 사람들이 왜 애기를 낳는디 텃판둥이가 그렇게 우는가 그러더라고. 젖을 못 먹어서 젖이 서운해서 그런갑다고. 거기서 해복간을 누가 해줄 사람이 있간디? 외숙모가 제우 몇 끄니 히주로 댕겼어. 근게 첫 이렛날 그렇게 배가 고프더라고. 스무닷샛날 윤희를 낳는디 초산날 그리 외갓집으로 떡을 먹으로 갔지. 설날은 아무것도 안하고 있었지. 외숙모가 가져다주는 것만 먹고. 아래채 집안 아주머니뻘 되는 사람이 주어서 먹고. 초산날이면 언제나 초산날 떡을 했어. 액을 다 나가라고 그러는가벼. 팥떡을 해갔고 웃목에 놓고 마루에도 놓고. 윤희 낳고는 떡을 해놨을거라 생각하고 외갓집에 가서 아무도 없는데서 떡을 먹었어.

그 동네에서는 초산날이 되면 동네에서 굿을 하고 북을 치고 집집마다 댕기거든. 정월 초산날부터 한 일주일은 했지 아마. 각 집에 한 번 들어가면 마당에 가서 치고, 부엌으 가서 조왕신 위해 한 번 치고, 장꽝으 가서 철륭신 위해 한 번 허고 그리고 또 우물 있는 집에는 우물에 가서 물 맑으라고 허고. 그렇게 한바퀴 싹 돌아가면서 했지. 큰외삼촌은 꼭 무거운 징만 치고 댕겼어. 사람들은 장구치고 소고치고 열댓명씩 마당 가득 춤을 추었지. 각자 쌀이나 돈을 형편 되는대로 냈어. 그렇게해서 모인 쌀이 정월 돌아오면 몇 가마니씩 된대. 그렇게 모인 돈은 나중에 면에서 무슨 일 할 때 행사할 때 다 썼지."

나중에 좀 더 자세히 이야기하겠지만 아버지 군대 탈영 사건 이후 이사 간 구이 작은 셋방 집에서 음력 12월 25일에 엄마 셋째 딸 윤희가 태어났다. 같은 동네 사는 큰 외숙모가 와서 몇 끼는 해주셨지만 제대로 산후회복을 못 하셨단다. 가난하고 먹을 것이 없던 시절이고 갓난아기 젖을 먹이니 너무 허기져 외갓집에 초사흗날 떡이 있을 거라 생각하고 외갓집으로 갔단다. 아닌 게 아니라 시루에 떡은 해놓고 하나도 안 먹어보고 외갓집 식구들이 동네잔치 구경하러 나가 있어서 혼자서 떡을 맛있게 먹었다고 두고두고 말씀하셨다. 윤희는 아버지 생일 다음날이고 게다가 음력설이 얼마 남지 않은 때라 어릴 적에 엄마가 생일을 제대로 못 챙겨 주었다며 아직도 그게 걸린다고 했다.

구암리 외갓집 동네에서는 해마다 정월 초사흗날이면 마을에서 액막이 잔치를 했다고 한다. 각 집에서는 마루에 떡을 해놓고 풍물패가 오면 집 구석구석을 돌며 가택의 여러 신들에게 제사를 지내며 집안의 안녕을 빌었다고 한다. 엄마는 조왕신, 철륭신 같은 전승되어 내려오는 가택 신들의 이름까지 대며 신나게 어릴 적 추억을 떠올리셨다. 그 잔치에서 큰 외삼촌은 제일 무거운 징을 치고 다니니 어린 마음에도 오빠가 안쓰러워 보였단다. 나 어렸을 적에 우리 동네에서는 정월 초사흗날 잔치하는 것을 본 기억이 없는데 그때 즈음에는 이미 그 전통이 사라졌나 보다.

초사흗날 잔치 이야기하다 마침 생각나 견과류로 만든 한과를 꺼내 드렸더니 말씀을 계속 이어 나갔다. "유과고 강정이고 쌀 서 되만 하면 항아리 가득 차서 느떨 간식으로 조금씩 놓고 멕있지." 하신다. 나도 기억한다. 명절 때만 되면 쌀이랑 콩으로 반죽을 만들어 잘라서 그것을 절절 끓도록 불을 땐 온돌 바닥에 말렸다. 그것이 차츰 마르다 보면 반죽 가루가 하얗게 방바닥에 남아 있기도 했다. 처음에는 가마솥 바닥에 자갈을 많이 얹어 놓고 했는데 나중에는 식용유로 했었다. 말린 반죽이 예쁘게 부풀어 오르면 그 위에 조청을 바르고 쌀 튀밥을 설설 뿌렸다. 그것 말고도 깨 강정, 콩 강정까지 하면 그것을 큰 항아리에 차곡차곡 넣어두고 궁금할 때마다 꺼내 주셨으니 별다른 간식이 없던 그 시절 그 달콤함을 무엇에 비기랴?

구암리 외갓집에 놀러 간 윤희, 성용, 승범

III. 시집와서 귀둥떡으로 알탕갈탕 살아냈지

얼굴은 봤는디 말은 못 걸어봤어

"느 할머니 동생이 한동네 살었어. 그 양반이 연결히서 시집을 왔지. 그 양반이 점잖은 양반이거든. 그 양반 딱 믿고 시집을 온 것이잖어. 선을 봤어 뭣 했어? 아버지 얼굴은 봤는디 말은 안 걸어봤어. 할머니가 한 번 놀러 오라고 히서 갔더니 총각이 있어. 즈 이모네 집인게 놀러 왔더라고. 그리서 얼굴만 보고 말 한번도 안 건네봤어. 그렇게 히서 우리 큰집 둘째 아들이 살짝 선보고 와 봤는가벼. 와서 본게 집은 오도막집이라도 사람들은 다 좋더라고 그려. 총각이랑 괜찮다고 히서 결혼을 했잖아. 날 잡을라고 허는 판인디 느 할아버지가 돌아가셨어. 그리가꼬 한 해 있다 그 이듬해 결혼했어.

처음에 시집 온게는 옛날에 그것더러 뭐 공방든다고 허냐 뭐라고 허냐? 아버지가 어찌서 어깨가 딱 굽었어 신랑이. 왜 그렇게 어깨가 굽었는가 팜나 보면 왔다 갔다 허는디 보먼. 좋게를 안 본 거여 내가. 나중에 살다 본게 어깨가 안 굽었더라고. 그때 쫌 미웁게 봤어 신랑을. 아무래도 기도 못 피고 살았을 것이지 느 아버지도.

시어머니 하고도 한 번 입씨름 한 번 안 했어. 좋게만 살다가 뭐여 너 낳고 나 구이 갔다 와서 다시 인자 살었을 것이어. 저 우에 집 샀구나 종철네집, 거기 사가꼬 가서 사는 중인디 작은 오메가 승철이를 난게 백구정떡네 살던 디다 집 지어가꼬 거그 나가서 살었어. 우리 승범이 낳은지 일 주일 되얐는디 서울로 작은 아버지가 이사를 갔어. 긍게로 걍 할머니가 따라 가버렸어. 조금 더 키웠다가 가시면 했는디 그렇게 그냥 가신다고 서운했었어. 그러고 성용이 낳고도 혼자. 남원 할머니가 해복간 히주었어. 참! 이레 때마다 미역국 끓이고 쪼금씩 떡 히가꼬 그 할머니 오시라고 히가꼬 잡수라고 힜어. "아고, 맛있다. 맛있다. 귀둥아는 뭣이고 잘히서 좋다 좋다." 그맀어 남원 할머니가."

엄마는 아버지 얼굴을 딱 한 번 보고 결혼을 했단다. 같은 동네에 살고 계시는 아버지의 이모가 중매를 해주었는데, 그 이모가 워낙 점잖으신 분이라 믿었단다. 이모네 집에 놀러 온 아버지를 한 번 보기는 했지만 말도 못 건네 보았단다. 뒷집에 사는 사촌 오빠가 아버지 사는 동네에 가서 둘러보고 사람들이 괜찮아 보여 결혼을 했단다. 결혼해서 보니 아버지가 어깨가 굽어 보기 싫었는데 살다 보니 차츰 그런 게 안 보였다고 한다. 아마 아버지가 많은 이복형과 누이들 아래에서 주눅 들어 살아 그랬을까 하고 나는 생각하기도 한다.

아버지 학생 시절

아버지는 말하자면 둘째 부인의 큰아들이었다. 한약방을 하시며 특히, 좋은 고약을 만들어 근동 사람들이 많이 찾아왔다는 우리 할아버지는 부인을 셋이나 두셨다. 첫 부인이 아들딸 8남매를 낳고 막내아들을 출산하고 얼마 지나지 않아 돌아가시니 두 번째로 부인을 얻었는데 그 할머니는 자식을 낳지 못하는 분이셨다. 엄마가 막둥이 낳았을 때 산후회복 도와주시던 남원 할머니가 바로 그 둘째 할머니이시다. 둘째 부인이 계시는데도 전실 자식이 둘이나 있는 우리 할머니를 얻어 아들 둘을 더 낳으셨다.

우리 엄마가 시집오기 전에 할아버지가 돌아가셨으니 당연히 나는 우리 할아버지를 본 적이 없다. 하지만 어린 시절 우리 집 안방 벽에 가운데 걸려 있던 사진 속의 근엄한 모습은 아직도 기억에 남아있다. 지금은 헐어버린 행랑채 방 다락에 할아버지가 쓰시던 한자 책도 여러 권 있었는데 나도 그때는 그게 무슨 책인 줄 몰랐다. 지금은 그 책들이 다 어디로 없어지고 말았다.

어릴 적 나는 가끔 왜 우리 아버지는 부자 아버지로부터 땅때기를 물려받지 못해 이렇게 가난하게 살고 있을까라는 생각을 한 적도 있었다. 큰아버지들은 우리 동네에 논밭이 많아 타지로 이사를 갔어도 남들에게 도지를 받고 있었다. 그런데 우리 아버지는 다섯 마지기를 받은 중에 작은 아버지 두 마지기 나눠주고 나니 다랑논을 제외하고 변변한 논밭이 없어 형님들 논밭을 빌려 농사를 지으며 갖은 고생을 하셨다. 그런 아버지는 말이 별로 없었다. 그리고 큰 아버지 앞에서는 특히 말씀 한번 크게 못하시고 기가 죽어 있는 것 같았다. 아마도 아버지는 첩의 아들이고 할아버지와 같은 집에 산 것도 아니어서 형님들에게 홀대받으며 살았는지도 모르겠다.

아버지가 성질이 급해서 엄마한테 화를 버럭 내는 일도 있었지만 평소에는 엄마한테 자상하게 잘해 주셨다. 추운 겨울이면 일찍 일어나서 부엌 아궁이에 재도 치워주고 가마솥에 물을 데워 주시며 엄마가 춥지 않게 아침상을 차리도록 도와주셨다. 비록 물려받은 것이 적어 가난한 살림 꾸리시느라 고생만 하셨지만, 묵묵하게 자식들을 지켜 주시던 우리 아버지가 그립다.

엄마 아버지 결혼식

그렇게 놀랜 가슴이 시방도 있어

"작은 아버지랑 한 달인지 두 달 차이로 작은 아버지도 군인을 가서 잘 하고 왔는데 느 아버지는.... 죽어도 각시 떼어놓고 새끼 떼어 놓고 못 있겄더래. 딸 둘 낳아 놓고 도저히 못 살것 같아서. 논산 훈련소에서 그 밤중에 냇가를 헤엄을 쳐서 어떻게 논산에 사는 먼 친척집을 알아서 그 집을 찾아 갔대. 안 죽느라고 다행이여. 그 노인 양반이 이문동오면 나한테 그랬어. 그래도 동기간이라고 그 밤에 그렇게 홀딱 빠져갔고 찾아온 생각하면 안쓰러웠다고. 집에까지 어떻게 온 줄은 나는 몰라. 나는 지금 대전댁네 집이서 살았는디 고모네 양산동 오두막집에 왔다고 소식이 들려. 거기에 왔다고 허는디 가슴이 덜컥해갔고 죽겄어. 근데 아닌 게 아니라 머리한질라 할딱 깎고 참말로 세상에 그리가꼬 말도 못혀.

그렇게 조마조마 허게 사는디 어느 날 나는 밥 할라고 쌀을 까불르고 있는데 아버지가 화장실 다녀오다 "아고! 저기 쥐가 간다."고 그랬던 가벼. 근디 나는 "나 잡으로 온다."고 헌줄 알고 쌀을 까불르다 땅바닥에 털썩 주저 앉었어. 어떻게 놀랬는가 그렇게 놀란 가슴이 시방도 있어. 말도 못혀. 긍게 우리 동네에서 못 살겄어. 그리가꼬 그다 저다 어떻게 구암리 외갓집으로 피신을 가게 되었지."

아버지는 나를 낳은 지 1년 후에 군대 영장이 나와 논산훈련소에 입소했는데, 어찌 된 영문인지 탈영해 도망 나왔단다. 평소 작은 것도 죄짓고 살지 않던 우리 엄마가 얼마나 놀랐는지 아직도 그 생각만 하면 가슴이 벌렁벌렁거린다고 하신다. 그래서 아버지 고향 마을에 살 수 없어 구이면 구암리에 있는 엄마의 친정 동네로 피신을 갔단다. 남의 집 조그만 골방을 얻어 네 식구 살림을 했으니 얼마나 궁핍하게 살았을까? 조금 있던 전답은 다른 사람에게 세를 주고 거기서 나오는 얼마 안 되는 도지를 받고, 또 아버지가 산을 일구어 고추 농사도 하고 품팔이도 해서 근근이 살았다고 한다.

아버지는 그 뒤 한참 있다 자수를 했다고 했다. 자수한 것에 대해서는 자세하게 모른다. 그 후 별 걱정 없이 살고 있다 25년도 넘게 지난 어느 날 탈영 문제가 다시 불거졌다. 내가 우리 큰 딸 지현이를 낳아 엄마가 우리 집에서 내 산후 회복을 도와주고 계셨는데 시골에서 청천벽력 같은 소식이 들려왔다. 아버지가 경찰서에 끌려 갔다고 해서 엄마는 급히 시골로 내려가셨다. 엄마는 동네에서 서씨들과 별로 사이가 좋지 않은 사람이 밀고했다고 의심하기도 했다. 그런데 내 동생 승범이가 육사에 진학하려고 원서를 냈는데 아마 신원 조회를 하다 보니 아버지의 탈영 사실이

밝혀진 것 같다. 그 후 아버지는 한 달 정도 구치소에 계셨다. 엄마는 아버지 고생을 덜 시키려고 남모르게 뒤로 손을 쓰셨다고 한다. 그 해 담배농사 지어 받은 삼백만 원을 홀라당 거기에 다 썼다고 애달파 하셨다. 그리고 우리 승범이는 저 잘 되려고 하다 아버지 고생시켰다고 아버지 돌아가신 뒤에도 가끔 뼈아픈 말을 하곤 했다.

신혼 시절 우리 엄마 아버지

어영니떡네
아랫방으서도 살었지

"구이에서 살다가 3년만에 와가고 어디서 살었는고니 어영니댁네 아랫방으서 살았어. 너는 다섯 살이나 먹었을 것이여? 근디 그놈들을 떼어 놓고 산정리로 일을 갈라먼. 그때 산정리 부잣집으로 일 많이 댕깄어. 뽕나무 접목도 허고 그런 일 허로 댕깄어. 너허고 영봉이 떼어놓고 갈라먼 니가 어떻게 울어쌌는지. 우는 놈을 떼어놓고 나가먼 영봉이가 우는 놈을 잡고 큰아버지는 혼내고 그랬다고 힜어. 너 비고리[4] 큰아버지한테 혼난 거 생각나냐? 팜나 큰아버지가 그런 소리 힜싸.

4) 부교리의 잘못된 발음

맹순이는 옴마 일 가는디 언니랑 함께 집에서 놀지 왜 따라가려고 우냐고 내가 혼내면 더 앙알앙알 헌다고. 그리고 영봉이가 윤희를 업어 키나라고 등허리가 철덕철덕 썩었어.

어영니댁네 접방살이 하던 그 한 해 농사를 아버지 없이 지었지. 아버지는 멀리 남의 동네로 남의 집살이 갔으니까. 구암리 가서 살 때 논 다섯 마지기 농사를 두고 갔은게 도로 와서 찾어서 농사를 지음서. 시방 생각허면 고생 많이 힜어. 이섭이 예섭이가 와서 나락을 비어주었어. 지금은 기계나 있지. 맹숙이네 작은 아버지가 와서 등짐도 히준 것도 생각나. 그렇게히서 어영니댁네 접방으서 한 해 살다가 지금 종철네 사는 집을 외상으로 쌀 다섯 가마니를 주고 샀네. 갈산댁네 작은 아버지가 군산으로 이사를 감서 현찰을 안 받고 외상으로 팔고 갔거든. 이사간 집이서 승범이 낳고 성용이 낳고 거그서 아들 둘 낳았지."

초등학교 들어가기 전, 내 또래 남자아이네 집 옆방에서 살았던 기억이 있다. 엄마가 일하러 나가면 엄마와 떨어지기 싫어 엄마 따라가겠다고 떼쓰며 울었던 기억이 있다. 악을 쓰며 울고불고하면 두어 집 떨어져 사는 큰아버지가 알고 오셔서 나를 혼냈고 그래도 고집을 피우고 말대꾸를 그치지 않아 싸리 빗자루로 얻어맞은 기억이 있다. 나는 사실 남의 집 곁방살이 한 시절의 기억은 이것밖에 없다. 엄마가 일하러 나가면 언니가 동생 윤희를 업고 보살폈다고 한다. 그리고 같은 동네 사는 고모네 오빠들이랑 또 다른 언니 오빠들이 우리 윤희를 보살펴주어 늘 고맙게 생각한다고 했다.

그때 젊은 우리 엄마는 아버지도 없이 어린 딸만 셋 데리고 남의 집에서 방 한 칸 얻어 살며 얼마나 고생이 많았을까? 다행히도 셋방살이를 오래 하지 않고 집을 사서 이사 간 집에서 초등학교 저학년까지 살았던 기억이 있다. 엄마는 그때부터는 별 어려움 없이 살았다고 하셨다. 딸만 내리 셋을 낳아 셋째 딸은 아들을 바란다는 뜻의 윤희로 큰아버지가 이름을 지었을 정도로 아들 낳기를 원했는데, 이사 간 집에서 아들 승범이를 낳았으니 천하를 얻은 듯 기뻤다고 했다. 엄마가 밭에서 일하고 있으면 언니가 승범이를 업고 젖을 먹이러 갔단다. 부교리 큰엄마가 아들을 낳았다고 예쁜 여름 옷을 한 벌 사주었는데 그 옷을 입혀서 데려오면 아기가 어떻게 예쁘던지 힘든지 모르고 일 끝내고 후딱 집에 들어왔단다.

이사 간 집에서부터 대부분의 내 유년 시절의 기억이 시작된다. 눈이 많이 오던 날이었는데 우리 엄마가 아기를 낳을 때가 되었는지 배가 아프다고 계속 고통스러워했다. 아버지가 눈길을 걸어 면 소재지에 있는 보건소에 가서 의사선생님을 모시고 와서야 엄마는 아들을 낳았다. 엄마의 해산의 고통이 어린 나에게는 큰 두려움이었는지 눈 온 그날이 생생하게 기억난다. 그리고 그 해 방 벽에 붙어있던 한 장짜리 달력에 쥐가 그려져 있어서 우리 막둥이가 쥐띠에 태어난 것을 알고 있다.

어린 시절 동네 사람들이랑 물놀이 가서

느 아버지
연구 참 많이 했어

"느 아버지가 많이 생각을 허서 일거리를 찾아 했어. 남 안 하는 담배농사도 제일 먼저 허고. 처음 앞 건너 밭이다 배추 심는 것도 느 아부지가 시작했어. 처음에는 잘 안 되얐어. 그다음 해부터는 경험이 있어 배추 심다 무시 심다 했지. 거기다 배추 심으면 돈이 솔찬히 나오거든. 긍게 또 허고 또 허고 그랬어. 젊어서 아버지가 일은 진짜 많이 했어. 아이고. 우리 밭 앞에 너 마지기에다 저 큰 집 밭 여덟 마지기에다 남석이네 일곱 마지기인가도 얻어서 혔지. 뒷집 전철네 밭까지 얻어서. 그때는 어떻게 무서운 줄 모르고 그렇게 남의 논밭 얻어서 했나 몰라. 느 아버지도 그때만 해도 너 대학교

가고 하니 한참 돈맛을 알 때여. 남 않는 일들을 힜어. 남들이 메밀 안 심을 때 메밀 심고, 남 들깨 안 심을 때 들깨 심고. 아버지도 연구는 많이 힜어. 술을 많이 잡숴서 그렇지. 노력은 많이 힜어. 긍게 돌아가신 시현네 아버지가 팜나 하는 소리가 있어. "아이고! 정구가 술을 많이 먹어서 그지 머리는 참 똑똑하다."고.

가만히 생각해보면 또 남들 않는 생강을.... 봉동에서 씨앗을 느 시아버지가 비료 포대로 1포대 주더라고. 그 놈을 갖다 심으니 아 긍게 어떻게 잘 되어가꼬 여덟 포대가 나오는디 그놈 봉동에 실어다 놓았지. 우리집에는 굴이 없으니까. 그 이듬해에는 많이 할 줄 알고 씨앗을 다 갖다가 몇집 밭을 얻어갔고 생강을 한 이십 마지기 심었잖어. 그런디 어째서 모닥모닥 다 죽어가꼬 망힜어. 생강굴까지 느 시아버지가 와갔고 굴 파는 놉 비싼 놉을 3명 얻어와서 하루에 못파고 이틀을 파 놓았는디. 그니까 아버지도 머리는 좀 썼어. 그런데 술을 많이 잡수어가꼬. 그냥 술만 먹으면 누워서 잘라고만 하고 그리서 고생을 혔지.

남 안 하는 당근씨를 사다 삐어 뒤에다 한 반 마지기나 심어갔고 내가 새복장에 가서 그 놈을 팔러 댕기느라고. 아버지는 이서에다 갔다 차에 태워주면 지게로 짊어서 그때는 뭣이 있어? 지게로 세 포대 네 포대씩 짊어서 이서 가서 태워주면 나는 가서 팔고 오고 팔고 오고.... 별것 다 히봤어. 거기다 하지 감자도 심어서 하지 감자도 팔러 다니고. 지금은 이렇게 파는 것도 쉽지 시방 사람들은. 박스에다 딱딱 10키로 20키로 포장히서. 그전에는 관으로 해가꼬 포대로 가져가서 전주 남부시장 가서 팔고 오고. 아이고, 징그런 고생 많이 했다 참말로!"

농한기에 고모와 함께 즐거운 한 때를보내는 엄마 아버지

아버지는 그저 농사꾼이었다. 그냥 벼농사만 하신 게 아니라 우리 동네에서 제일 먼저 담배 농사도 시작하시고 생강도 처음 심으셨다. 남들보다 앞서 새로운 작물에 관심을 가진 분이셨다. 담배 농사는 뜨거운 햇빛 아래서 독한 냄새를 맡으며 생 담뱃잎을 따고 엮은 뒤 비닐하우스에 걸어 말릴 때에도 역한 냄새를 참아내야 해 쉽지 않은 농사 중 하나였다. 우리 엄마는 아직도 담배 농사 이야기만 나오면 징글징글하다고 하신다. 그럼에도 불구하고 아버지가 오랫동안 담배 농사를 하신 것은 품질 등급에 따라 다르기는

했지만 전매청이라는 곳에서 전매를 해주니 안전하고 또 목돈을 찾을 수 있어 그러신 것 같았다.

담뱃잎을 엮고 있는 할머니, 엄마, 대학생 시절의 나

우리 시댁인 봉동에서는 생강을 많이 재배해 해마다 조금씩 전답을 늘릴 만큼 생강 농사 수확이 좋았다. 그래서 우리 아버지도 우리 동네에 생강을 심어 보았다. 첫해는 수확이 좋았으나 그 이듬해부터는 생강이 죽기 시작해 고생만 하고 돈도 벌지도 못한 기억이 있다. 그렇게 우리 아버지는 당근이며 시금치며 우리 동네 다른 사람들이 안 짓는 새로운 것들을 심어가며 피땀 흘려 그나마 없는 살림을 근근이 꾸려 오셨다.

남매들이 모여 고추모를 심고

그렇게 새로운 농사지은 것을 아버지가 지게로 우리 앞 동네 버스 타는 곳까지 실어다 주면 엄마는 전주 남부시장에 가서 팔고 왔다. 감자 같은 것은 한꺼번에 사 가는 거간이 있었지만 팔고 남은 것은 창고에 보관했다 깎아서 팔기도 했다. 어떤 때 새벽장을 못 가는 경우에는 막차를 타고 가서 시장 안에 수제비 식당에 가서 수제비를 사 먹으면 재워 주기도 해서 거기서 자고 새벽 3시에 남부 시장에다 팔고 집에 오기도 했다는 것은 나중에야 알았다. 내가 전주에서 자취를 하고 있었는데도 그 짐을 머리에 이고 다녀야 해서 내 자취방에 들러 보지를 못하셨단다. 몇 푼씩 받지도 못하는 것이었지만 엔간치 고생을 했어도 재미로 알고 어떻게라도 돈 한 푼이라도 만들려고 고생인 줄 모르셨던 것이다.
"그때는 젊었으니까 힘이 있었지. 허리는 아팠더라도 헐 만했지. 지금같이 아프면 어떻게 힜겄냐? 징그란 세월이지."

여러 가지 농사로 뼈가 빠지도록 힘들었던 아버지와 함께 산 우리 엄마는 때로 속앓이도 많았다. 우리 아버지는 성질이 엄청 급하셨다. 밭이나 논에서 일하다가도 당신 맘에 들지 않으면 화를 발끈 내시고 자리를 뜨셨다. 한 번은 엄마랑 셋이서 더운 여름날 담배밭에서 담배를 따는데 무슨 이유인지 몰라도 화가 많이 나셨다. 따던 담뱃대 하나를 발로 차 분지르고 작신작신 밟고서도 분이 안 풀리셨는지 집으로 냅다 가버리셨다. 옆에서 보던 내가 얼마나 속이 상했는지. 지금도 부러진 담뱃대와 그 쓰디쓴 생 담뱃진 냄새와 함께 그 장면이 생생하게 마음속에 남아 있다. 그런데 우리 엄마는 그런 세월을 얼마나 많이 겪고 살았을까? 그래서 엄마가 자주 소화가 안되고 잡수지도 못하는 고질병이 되었나 보다.

큰오메 잔소리를 세 번이나 들었어

"팜나 한 소리지만 그때만히도 밭이다 무시 갈아서 좋은 놈만 싹 뽑아가고 작은 놈은 안 가져가 장사꾼들이. 그 놈을 묻어두었다 시한 내동 아버지가 이서에다 갖다 주면 이고 다니며 나는 팔고 오고. 얼매씩 받지도 못해 한 포대 가져가야. 몇 번 다녀서 빨간 다우다 잠바를 셋이서 똑같이 사다 입혔어. 그랬더니 비고리 큰엄마가 그렇게 배포크게 그런 짓 했다고 나보고 이 사람 저 사람한테 숭을 봐갔고 아주 동네 사람들이 숭보는 게 일이었어.

앞 건너 밭이다 배추 심는 것도 느 아부지가 시작

했어. 처음에는 잘 안되었지. 그 다음 해부터는 경험이 있어 배추 심다 무 심다 했어. 거기다 배추 심으면 돈이 솔찬히 나오거든. 긍게 또 하고 또 하고 그랬어. 거기 말고도 봉석이가 이장네에 팔아먹은 그 밭에도 배추 심어서 잘 되어서 한 해는 강정이 고모하고 나하고 농을 샀어. 그 자개농. 비싼 놈은 아니어도 하나 샀어. 그랬더니 큰 오메가 그것 샀다고 또 잔소리 해쌌드라고. 내가 농 사고 욕 얻어먹고, 너희들 잠바 사주고 욕 얻어 먹었지. 지금도 기억이 나. 아 그 풍신난 그 농 사가꼬. 역부러 큰 맘 먹고 샀는데 그렇게 잔소리를 해쌌고. 그렇게 없이 살면서 배포 크게 농 샀다고. 썩어빠지게.

세 번을 내가 그 양반한티 잘못했다고 들었어. 너 대학교 가서. 그때는 당연히 잔소리했지. 너 대학교 합격을 헌게 비고리 큰아버지가 너 나오라고 해서 밥 사먹였잖여. 오라고 해서 밥먹고 지금 돈 5만원쯤 되려나 그때 돈으로 5천원을 주었어. 하도 고마워서 동네 와서 자랑을 했네. 큰아버지가 돈을 주었다고. 그런데 너를 쓰라고 주었는데 아끼고 있다 반은 네가 쓰고 승범이 중학교 들어가니까 반은 승범이 셔츠를 하나 사입히라고 주더라고. 그랬다고 기특혀서 내가 역부러 큰 엄마한테 자랑을 했네. 큰 아버지가 돈 주어서 이렇게 썼다고. 그랬더니 또 그때도 잔소리를 하더라고."

엄마(왼쪽)와 큰어머니들

우리 엄마가 시어머니 시집살이에 대한 이야기하시는 것을 거의 못 들어본 것 같다. 그런데 바로 윗동서의 잔소리를 들었던 기억이 사무치게 남아 있는지 가끔씩 말씀하신다. 아버지가 큰아버지 앞에서 큰소리로 말씀 한 번 못 하신 것처럼 우리 엄마도 윗동서 앞에서 기가 죽어 사셨던 것 같다. 우리 어렸을 때 옷이라도 하나 사 입히면 큰엄마는 가난한 살림에 그랬다고 '머퉁사니'하고, 농사지은 돈으로 자개농을 맘먹고 샀는데 그 형편에 그걸 샀다고 타박하고, 내가 대학 들어갈 때는 시골에서 없는 형편에 딸년 대학 보낸다고 듣기 싫은 소리를 하셨다.

물론 우리 큰엄마가 마냥 잔소리만 하신 것은 아니다. 아버지 돌아가시고 우리 승범이 대학 다닐 때 큰엄마가 소개해서 친척 되는 사람이 우리 승범이에게 다달이 생활비를 보내준 적이 있었다. 우리 엄마도 우리 승범이도 큰엄마가 신경 써주신 고마운 마음을 잊지 않았다. 그리고 도와주신 그분께는 승범이 세상 떠난 후에 올케랑 내가 찾아가 약소하지만 금일봉을 드리고 감사하다는 말을 다시 한 번 전했다. 그랬더니 우리 엄마는 이제 속이 시원하다고 하시며 큰엄마가 다시는 잔소리하지 못하도록 큰엄마에게 그 말씀을 드렸다고 내게 몇 번이나 말씀하셨다.

내 기억으로도 우리 큰엄마는 욕심도 많고 시샘도 많았다. 나나 우리 승범이가 공부를 잘해 좋은 대학을 한 번에 합격했을 때도 많이 부러워 샘을 내셨다고 들었다. 특히, 내가 대학 들어갈 때는 여상이나 보내서 빨리 취직해 돈 벌게 해야지 무슨 여자애를 대학을 보내느냐고 엄마한테 여러 번 말씀하셨다. 사실 우리 큰엄마는 동서들이나 조카들이 거의 연락을 하지 않을 만큼 사이가 별로 좋지 않았다. 그럼에도 우리 엄마는 최근까지도 노환으로 아파 홀로 누워 계신 큰엄마에게 가끔 안부전화도 드리고 챙기셨다. 올봄에 큰엄마가 돌아가셨다. 젊은 시절 핀잔을 많이 준 얄미운 동서였지만 그래도 돌아가시니 우리 엄마는 가는 세월을 한탄하며 이제 많던 동서가 하나 밖에 안 남아 계신다고 허전해하셨다.

큰어머니들과 고모들, 그리고 사촌 오빠 언니

농사짓던 전답 문서를 넘기고 오는디

"그때만히도 거그서 꼼짝없이 살을랑가도 몰른디. 당신네들이 전주로 이사험성 그 집을 인자 강정이 고모가 살라고 힜었어. 계약금까지 걸고 다 힜어. 근디 어떻게히서 그 집을 고모네한티 안 주고 동생이 와서 살음서 누에랑 키고 살으라고 그리가꼬는 아버지가 그 꾐에 넘어 갔어. 그때만히도 백 가마니면 돈이 얼매냐? 계를 백가마니 짜리를 짜서 그 놈을 주기로 힜어. 그리서 열심히 농사를 지어 갚어 나갔지. 근디 몇년 지나면서 연거푸 농사를 잘 못진게 그 놈이 못되고 미수가 되고 미수가 되고. 거그다가 아버지만 그렇게 아픈 치레만 안 힜어도. 그리가꼬 빚이 더 져갔고 도저히 어떻게 헐 수 없은게 그 전답 문서를 다 넘기고. 내가. 참말로.... 너는 대학은 붙었지. 큰집은 곗돈을 다 못 주었지. 긍게 오기가 난게 큰집서 땅을 찾아간 것이여. 시방 생각헌게. 자기는 아들이 대학을 자꼬 떨어지고 후진 대학을 갔는디 우리딸이 사범대학에 딱 붙은게 오기가 난게.

그 논 넘겨주고 모고지서 걸어서 온 일을 생각허면 내가 기가 맥혀. 눈이 와가꼬 땅에 이렇게 쌓였는디 걸어서 집에 온게 어떻게 느 아버지가 미워야지. 그런 것은 남자가 댕김서 처리해야지 내기다 맽기 놓고 내가 이 눈길을 걸어 댕기는가 싶은게. 긍게 느 아버지한테 와서 대성통곡을 했지.

큰집이서 전답을 넘기고 울고 나오는디 대문안 큰오메가 따라나옴서 쌀 닷말 값을 너 책 사주라고 주더라고. 아슴찮여. 그대만 히도 쌀 한가마니 5만원씩 했어. 내 5만원 인것을 잊어버리지를 않는다. 너 장학금 받아가지고 다 면제 하고 학도호국단비라고 나온 것이 5천원이 나왔어. 쌀 한 말 값 내고 들어갔어 너 대학을. 나 안 잊어버려."

뒤란에 대밭이 있는 조그만 집에 살다 초등학교 고학년 때 동네 한가운데 넓은 기와집으로 이사를 했다. 마당도 넓은 데다 행랑채도 있고 창고도 여러 개 있는 집이었다. 원래는 큰아버지가 살던 집이었는데 큰아버지가 아버지한테 집과 논을 팔고 전주로 이사를 간 것이다. 나는 넓은 집에 와서 살기 좋았지만 엄마 아버지는 큰아버지가 하시던 누에 치는 일까지 해야 해서 몸 고생이 더 늘었다. 나도 창고에 가득 찬 판에 누에를 먹이느라 열심히 뽕도 타고 누에 밥을 주었던 것도 기억난다.

큰집한테 산 집 마루에서 엄마, 성용, 승범

그런데 내가 고등학교 졸업하던 해 큰아버지한테 산 땅을 다시 넘겨주는 일이 생겼다. 농사지어서 쌀 수매한 돈으로 집과 땅 산 빚을 갚아 나가는 중에 연거푸 농사가 흉년이 든 때가 있었다. 아마 정부에서 권장한 통일벼를 심었다 냉해를 입어 엄청 수확이 줄었던 그때 무렵이 정점이었던 것 같다. 그러다 보니 빚이 이자가 불어나고 결국 다 못 갚으니 큰집에서 땅을 다시 가져간 것이었다. 지금도 나는 그날을 잊을 수가 없다. 내가 전주 큰집에 가서 늦게 돌아오는 엄마를 마중 나갔다. 동네 앞 배 과수원 근처에서 엄마를 만났다. 엄마는 나를 보자마자 다리에 힘이 풀려 그 눈길에 철퍼덕 주저앉아 눈물을 흘리기 시작했다. 나도 엄마를 부둥켜안고 길 한가운데서 함께 울었다. 그때 큰아버지와 큰엄마가 그렇게 미울 수가 없었다. 그 집과 땅 팔 때도 받을 만큼 많이 받았다고 했는데 어떻게 그렇게 모질게 다시 빼앗아갈 수 있을까 이해하기 어려웠다.

그런 형편이었으니 내가 대학은 합격했는데 등록금 내는 게 얼마나 큰 부담이었을까? 그런데 다행히 내가 장학금을 받았다. 나중에 지도 교수님을 통해 안 사실이지만 고등학교 1학년 때 내 짝꿍이 내가 합격한 대학교의 다른 학과 교수님인 자기 아버지에게 내 어려운 사정을 말씀드려 장학금을 줄 수 있도록 힘을 써 달라고 부탁한 것이었다. 물론 내 학력고사 점수가 지원한 사범대학 영어교육과에서 상위권에 있었기 때문에 가능한 일이었지만 말이다. 그 이후로 4년 동안 딱 한 번 빼놓고 성적 장학금을 받은 덕분에 나는 부모님께 등록금 걱정은 덜 시켜드렸다. 그럼에도 불구하고 책값이며 MT나 동아리 활동을 하는데 드는 소소한 비용들도 부모님께는 부담이 되는 형편이었다. 그렇게 어려울 때 전주에서 혼자 사시는 대문안 큰엄마는 가끔씩 내게 책을 사라고 용돈을 주시기도 해서 늘 고마웠는데, 내가 그 고마움을 제대로 갚기도 전에 돌아가셨다.

옛날 집을 윤희네가 살면서 고친 지금 모습

우리 가족의 밥상을 책임진 엄마의 장독대

내동 고생 많이 허다 돌아가싰지

"느 아버지가 돈은 다 깨밀아 먹고 나 고생시키고 죽었어. 쉽게 이야기히서 그리서 돈 들어갔지. 또 연자가 서울로 시집간다고 히서 연자네 집에서 음식을 장만 허는디 느닷없이 오라고 해서 간게 방을 기대고 메대고 허네. 왜 그냥게 배가 아퍼서 근디야. 그서 느닷없이 차 불러가꼬 그때만히도 119를 부를 수나 있었간디. 동네서 차 불러가꼬 병원 갔지. 그래서 한달이나 또 고생 힜어. 그렇게 한 번 욕봐갔고 돈 들어갔지.

아, 또 비고리 큰아버지 환갑이다고 나는 비고리 집이 미리 장만 허러 갔어. 우리가 돼지 한 마리를 잡아

준다고 돼지는 잡어서 보내라고 허고. 큰집 가서 조금 앉었은게 전화가 와. 아버지가 다쳤은게 지금 병원으로 빨리 가시보라고. 대학병원으 간게 발을 이렇게 걸이에다 뀌어가꼬 있는거여. 기가 맥혀 죽겄어. 석달 있었잖아 병원으가. 설 쇠로도 못가고. 대학병원으서 거그 시장이 어디 있는지 모른게 중앙시장까지 버스 타고 댕김서 장봐다 히주었지. 느 아버지는 입맛 없은게 홍어나 사다 끓이줘 헌게 그런거도 사다 허고. 큰아버지는 옆으서 살음서 맨날 일주일에 한번씩도 더 왔지. 바나나 사들고 자주 왔었지.

아고 징그러. 느 아버지는 세 번 병원으 가서 고생혔네. 한번은 마악 피를 토해싸서. 세수대야로 반절이나. 병원으 가서도 옆구리 뚫어가꼬 한게 찜통으로 반이나 나와. 아버지 돌아가시기 전으 니가 용케 집에와 있었지. 우리 종현이 깐치동 옷 입고 배깥 돌아 댕기는 것이 눈에 선히여. 짜박짜박 걸어 댕겼지. 어린

데 큰오메도 어떻게 이문동이 오고 잪으더래여. 뭣이 씌워댔는가 몰르겄다고 병원에 왔드라고."

고모 환갑 잔치날 승범이와 함께 엄마 아버지

아버지는 탈영 문제로 몸과 마음 모두 고생을 해서 그런지 그 뒤로 아프기 시작했다. 아버지는 젊어서도 술을 좋아하셨다. 내 어릴 적에는 막걸리를 드셨는데 언젠가부터 막걸리를 드시면 속이 안 좋다고 소주만 드셨다. 그래서 나중에는 엄마가 술병을 창고나 항아리 어딘가에 숨겨 놓으면 귀신같이 알고 찾아 드셨다고 한다. 그래서인지 간이 안 좋았다. 어느 날 술을 드시고 어스름 저녁에 함께 사는 손주들이 집에 안 돌아오자 자전거를 타고 손주들을 찾으러 가다 넘어져 고관절까지 다치셨다. 그 후로 아버지는 간경화가 더 심해졌다.

나는 대학 졸업하고 바로 교사로 임용되었고 그 다음 해 결혼해 딸 둘 낳고 키우느라 엄마 아버지에게 세심하게 신경 쓸 겨를이 없었다. 아버지가 많이 아프셨을 때조차도 나는 자주 아버지를 찾아뵙지 못했다. 장애를 가진 큰 딸을 키우느라 힘들던 내가 신경 쓰일까 봐 우리 엄마는 아버지 아픈 사정을 잘 알리지 않으셨다. 그래도 방학 때는 아이들 데리고 시댁이나 친정으로 내려가곤 했다.

아버지가 돌아가시던 해 겨울방학에는 웬일인지 친정에 있었다. 아버지는 손녀딸들이 자유롭게 놀 수 있도록 건넌방에 가서 누워 계셨다. 아버지는 늘 그렇게 말없이 우리

들을 배려하셨다. 아프시다고 해서 내가 자꾸 들여다보며 괜찮으시냐고 여쭈니 네 아기들이나 신경 쓰라며 걱정 말라고 하셨다. 내가 죽이라도 끓여드린다고 해도 괜찮다고 손사래를 치더니 오후가 되어 외출 후 엄마가 돌아오시자 바로 병원을 가자고 하셨다. 그날 병원에 가보니 이미 손 쓸 수 없는 상황이었고, 다음날 살아 돌아오지 못한 아버지의 장례를 우리 집에서 치러야만 했다.

그날이 양력으로 1월 2일이라 평소 때 같으면 기온이 많이 내려가는 추운 날이다. 그런데 마당에 차일을 치고 3일장을 치르는 동안 날씨가 정말 따뜻했다. 조문객들이 밤에도 모닥불을 피워 놓고 마당에 모여 앉아 대화해도 춥지 않을 정도로 온화한 날이었다. 모두들 우리 아버지가 생전에 남들에게 잘하고 좋은 일만 해서 그런다고 입을 모았다. 나도 맞는 말이라고 생각했다.

아버지 돌아가시기 전 날 아버지 집에서 함께 있었던 것이 내게는 정말 다행이라 생각한다. 평소에 너무 못 챙겨드렸기 때문에 그때라도 함께하지 못했으면 내내 한으로 남아있을 것이다. 아버지가 바나나를 좋아하셨는데 지금은 흔한 바나나지만 그때는 비싸서 많이 사드리지 못했던 게 지금도 죄송하다. 이제는 우리 아이들도 다 컸고 직장생활도 끝났으니 시골에 계시는 엄마를 자주 뵈러 가기도 하고 때로 엄마를 모시고 와서 소중한 시간을 보내야겠다고 다짐해 본다. 돌아가시고 나서 회한이 남지 않도록....

죽어 들어갈 자리 있은게 맘 편허지

"시젯날 해마다 내가 가서 음식을 힜잖어. 시제 음식은 아무나 못혀. 큰 놈 생선을 다 계란을 입혀서 싸야 혀. 그런 놈을 몇 채반씩 힜어. 아무나 못헌게 조카들이 다 작은 오매가 와서 히얀다고.... 근디 지금은 다 사서 쓴다고 그려. 재석이가 그 날 속 있는 소리 한번 허드라고. 작으머니가 시젯날 안 오시니까 섭섭허고만요. 그리서 내가 우리 성용이가 형 죽어서 기분 안 좋아 못가고 나도 자식 죽은 사람이 어딜 가겄어. 그런지 알어. 그리고 내가 머리를 다 둘러주었지. 이렇게 이렇게 허라고. 긍게 작으머니 내가 말은 안혀도 작으머니 우러러보고 있습니다 그려. 그럼성 작으머니 사랑합니다 그려 술취어가고. 나도 조카 사랑허네 그랬지.

나는 못 가도 들지름 한 병 모다 그렇게 히서 보내주었어. 모다 시제 모시러 와가꼬 밥을 먹음성 누구 반찬이 이렇게 맛있냐고 허더래. 서범석 한의원이라고 있어. 가네들이랑 와서 옛날으 먹어보던 식이고만 누가 이렇게 맛있게 했냐고. 그래서 키둥 작으머니가 힛다고 헌게 키둥 작으머니가 누구냐고 허더래. 인제 몰른게 가네들은. 아 승범이 옴마. 아 어너니 키둥 당숙모냐고. 잘 먹었대야. 작으머니 해마다 꼬칫잎 해줘서 그게 인기였는디 이제 못와서 어찐대여. 현노도 그려. 작으머니가 보내준 반찬들만 더 가꼬오라고 그것만 인기대요. 그날 잘 먹었다고 했삿드라고.

내가 시방 생각허면 봉석이가 고마워. 왜냐? 할머니 제사도 그리 합쳐가꼬 시제 모실 때 같이 헌게 얼마나 좋아. 나 죽어서라도 둘째고 셋째고 간에 그 영감님하고 한티서 밥 얻어 먹은게 잘 힜지 뭐. 나 잘 힜다고 생각헌다. 저렇게 합쳐가꼬 큰디다 뫼 써놓고. 그리고 이참으 느아버지랑 나랑 들어갈 디 딱 히놨은게 나 죽으면 아버지묘 파가꼬 화장히서 넣기만 하면 되야. 인자 떠들르고 단지만 넣으면 된게. 이렇게라도 히놔야 자식들 부담이 덜 된게 내가 헌다고 히가꼬 잘힜어. 그렇게 히논게 내가 맘이 편한이여. 들어갈 자리 있은게 좋지. 그리고 으런들 밑에 있은게."

우리 엄마는 음식 솜씨가 정말 좋았다. 동네에서 결혼식이나 장례식이 있으면 엄마가 과방을 책임질 정도였다. 그래서 젊어서부터 우리 서씨 집안 시제를 모실 때 엄마가 밑반찬은 물론 제수 음식 준비를 도맡아 했다. 그런데 우리 승범이 세상 뜨고 나서는 시제 모시는 곳에도 가지 않으셨다. 그래도 집에서 담가 놓은 장아찌 같은 밑반찬을 보냈는데 사촌이나 육촌 오빠들이 그 반찬 먹으며 꼭 엄마 칭찬을 했다고 한다. 지금은 도시에서 내로라하게 잘 사는 오빠들이 많은데 시제 모시러 와서 엄마 반찬을 먹으면 고향의 맛을 느낀다며 엄마의 손맛을 그리워한다고 했다.

아버지는 오래전에 돌아가셔서 우리 동네 앞 건너 밭에 묘를 썼다. 그래서 우리가 시골에 내려가면 언제든지 아버지한테 찾아가 인사드릴 수 있어 참 좋다. 그런데 새로운 장묘 법에 따라 지금 아버지가 계신 곳은 마을에서 얼마 떨어지지 않으므로 그곳에 엄마를 함께 모실 수가 없다. 그래서 엄마는 할아버지가 있는 선산에 아버지 엄마의 가묘를 미리 준비하셨다. 우리는 선산이 가깝지 않아 자주 못 찾아뵐 것 같아 별로 내키지 않았다. 하지만 엄마는 당신이 돌아가시면 자식들이 어디에 모실지 걱정 안해도 되고 또 할아버지 할머니 아래로 들어가니 아주 마음이 놓인다고 하신다. 예전에 우리 할머니는 정실이 아니어서 돌아가셔서도 할아버지 옆에 가시지 못했는데, 몇 년 전에 사촌 오빠가 앞장서 일을 도모하여 우리 할머니도 이제 할아버지 옆에 계시기 때문이다. 이제 엄마는 당신 돌아가시면 들어갈 자리가 있다고 마음 편해하신다.

손녀 종화와 함께 한 제주도 여행

Ⅳ. 못다 한 이야기

책에 들어갈 내용을 추리다 보니 엄마의 어린 시절부터 결혼하고 우리들 낳아 기르며 겪은 많은 일들을 모두 다루기에는 한계가 있었다. 기쁘고 행복한 일보다는 고달프고 서글퍼 엄마의 뼛속에 새겨진 기억들이 주로 앞자리를 차지했다. 그러다 보니 몇 가지 기뻤던 일이나 요즘 들어 손자 손녀들과 함께 보내는 행복한 이야기들이 빠져 아쉬웠다. 그래서 사진 몇 장을 덧붙여 조금이나마 아쉬움을 달래고자 한다.

큰 올케가 우리 엄마와 조카들을 데리고 간 사이판 여행

살다 보니
좋은 일도 있었지

우리 엄마는 어떤 사단법인에서 주는 '장한 어머니상'을 수상하셨다. 가난한 살림에도 자식들을 훌륭하게 키운 공을 인정받으신 것이다.

장한 어버이상을 받은 우리 엄마

시간은 잘 기억나지 않지만 동네에서 단체로 제주도 여행을 가는데 무슨 이유인지 엄마가 못 가시게 되었다. 그때 내가 "엄마 너무 속상해하지 마세요. 나중에 해외여행 보내드릴 테니까."라고 말했다는데 나중에 기억나 함께 일본을 두 번 다녀왔다. 그리고 큰며느리가 시어머니랑 조카들까지 데리고 사이판에 다녀온 즐거운 추억도 간직하고 계신다.

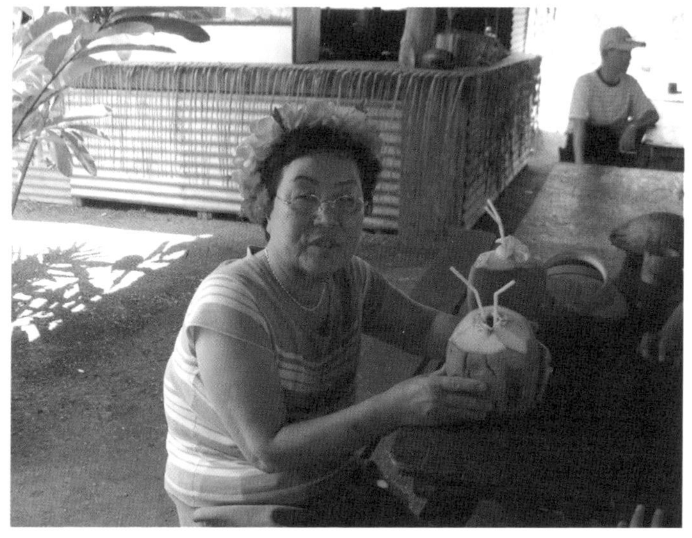

사이판 여행

우리 식구와 함께 한 일본 여행

오래오래 사시라는 염원을 담아 자식들이 생신을 정성껏 챙겨드린다. 이제는 손자 손녀들이 다 커서 다채로운 선물을 준비하니 생신 잔치가 더욱 즐겁다.

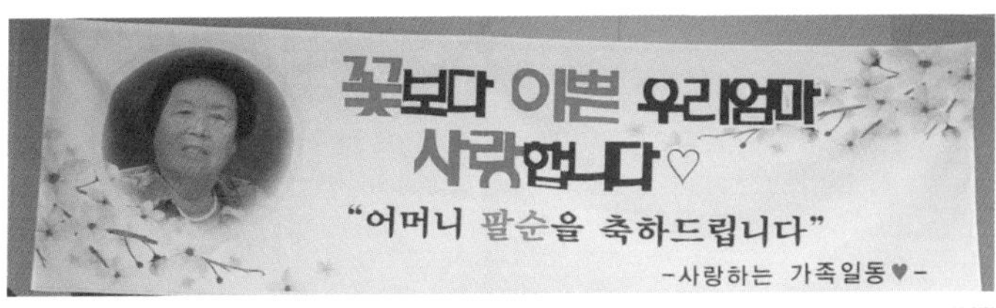

팔순 잔치에서 다섯 남매

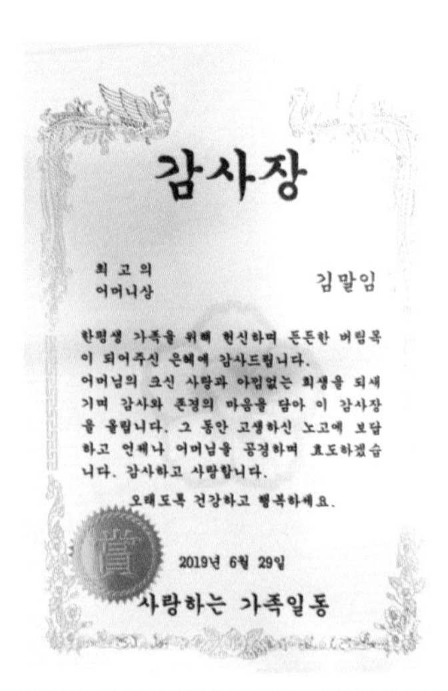

감사장

최 고 의
어머니상

김말임

한평생 가족을 위해 헌신하며 든든한 버팀목이 되어주신 은혜에 감사드립니다.
어머님의 크신 사랑과 아낌없는 희생을 되새기며 감사와 존경의 마음을 담아 이 감사장을 올립니다. 그 동안 고생하신 노고에 보답하고 언제나 어머님을 공경하며 효도하겠습니다. 감사하고 사랑합니다.

오래도록 건강하고 행복하세요.

賞

2019년 6월 29일

사랑하는 가족일동

엄마의 공로에 감사드리는 자식들의 글

우리 엄마는 언제부터인가 손자 손녀들에게 카카오톡 보내는 방법을 배우더니 맞춤법은 틀리지만 가족 단체방에서 답글을 잘 쓰신다. 가끔 젊은 우리들이 하는 말을 못 알아 들어 엉뚱한 반응을 보내 우리를 즐겁게 해줄 때가 있다. 요즈음에는 유튜브를 즐겨 보신다. 그래서 트로트 가수 근황이며 때로는 정치 뉴스까지 즐겨 보신다. 어느 날 대화 중에 "내가 유튜브에서 봤는디"라고 말씀을 꺼내셔서 우리가 놀라며 크게 웃은 적이 있다.

우리 엄마의 카카오톡 실력

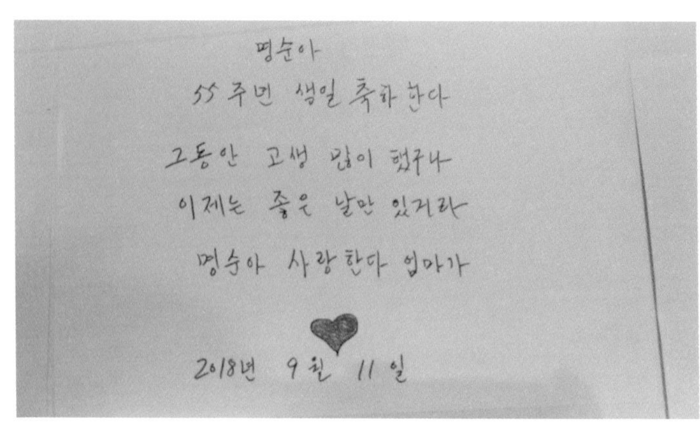
명순아
55주년 생일 축하 한다
그동안 고생 많이 했구나
이제는 좋은 날만 있거라
명순아 사랑한다 엄마가
2018년 9월 11일

우리 엄마가 내 생일날 보내주신 축하 카드

무슨 일이든지 하시면 앉은 자리에서 끝을 봐야 하는 성격이라 컬러링북도 사드리면 한 권을 후다닥 해치워버리신다. 하루에 3~4쪽씩 한 달 동안 풀게 되어있는 치매 예방 문제집을 드렸더니 1주일 만에 다 풀어버리는 일도 있었다.

컬러링북에 예쁘게 색칠하는 엄마

나같이 호강시런 할매 없을 것이여
- 손주들 이야기

언제나 우리 엄마는 큰 손자 건희가 대견스럽고 고맙다고 한다. 어릴 적 어려운 환경을 잘 이겨내고 반듯하게 자라 이제는 병원에 근무하며 할머니 파스도 사드리고 요모조모 할머니 건강을 챙기는 속 깊은 손자이다.

할머니 팔순 잔치에서 손주 건희와 민호

나의 둘째 딸 종현이는 어릴 적 학교만 다녀오면 할머니한테 군것질하고 싶어 오백 원만 달라고 졸랐다. 지금은 할머니가 서울에 올라오시면 바쁜 중에 짬을 내어 할머니도 신문물을 경험해야 한다며 '드라이브스루' 카페에서 따뜻한 차 한 잔을 사서 근교에 나가 바람을 쐬어 드린다. 그런 종현이가 올 8월에 결혼해 할머니를 기쁘게 해드렸다.

종현이 시집 가는 날 기쁜 할머니

엄마가 우리 집에서 내려가 다시 이서에서 산 이후, 오랫동안 할머니의 희로애락을 지켜본 영아는 똑똑하고 다부진 손녀로 할머니의 자랑거리 중 하나이다. 이제 멋진 남편을 만나 예쁜 아가를 기다리며 할머니에게 큰 기쁨을 주고 있다.

새 사위 최서방과 함께 나들이 모시고 간 손녀 영

아기 때 엄마 보다 할머니와 함께 잔 시간이 많은 나의 막내딸 종화는 할머니에 대한 사랑이 각별하다. 시골로 내려 가신 할머니가 그리울 때면 할머니 베개를 끼고 할머니 냄새를 맡으며 잠이 들기도 했다. 큰 삼촌의 장례식장에서 몇 가지 깨달은 바가 있다고, 할머니와 함께 소중한 시간을 보내야 한다며 벌써 세 번째 황금 같은 휴가를 할머니와 함께 보냈다.

할머니 바라기 종화

할머니랑 제주 바닷가에서 행복한 종화

영아 동생 욱이는 말이 필요 없는 듬직한 손자이다. 행여 할머니가 혼자 계시는 날에는 전주에서 살고 있는데도 할머니랑 같이 밥 먹으러 일부러 이서 집에 간다. 할머니가 못 걸어 봄에 꽃구경도 못 하셨을 거라며 혼자서 휠체어에 모시고 벚꽃 구경시켜 드리는 세상에 더할 나위 없이 다정한 손자이다. 올해는 혼자서 할아버지 산소 벌초까지 척척 해냈다.

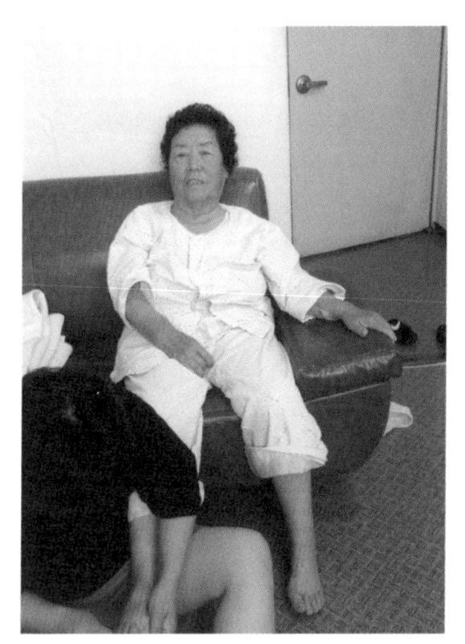

할머니가 입원해 있을 때 발톱을 깎아드리는 욱

혼자 할머니 모시고 벚꽃 구경시켜 드리는 욱

이제는 제 키만큼이나 마음 씀씀이도 깊은 민호는 자주 할머니에게 용돈도 두둑이 드리며 할머니 손을 붙잡고 오래오래 사시라고 말씀드린다. 제 생일에 축하 메시지를 보낸 가족들에게 "저 낳느라 키우느라 고생하신 우리 엄마 아부지에게도 한마디 해주셔요. 저는 나오기만 했을 뿐입니다."라며 엄마 아빠도 세심하게 챙긴다.

민호가 전주에 살던 어린 시절

민혁이는 평소 우리 집안에서 과묵하기로 유명하지만 할머니 생신에 잊지 않고 예쁜 꽃다발을 선물하며 할머니에 대한 애정을 표현하는 것만큼은 무척이나 노력을 아끼지 않는 손자이다. 할머니와 가족들의 기도 덕분에 건강하고 무탈하게 해병대를 제대하고, 지금은 대학 생활을 충실히 하고 있다.

어린 시절 귀여움 그 자체였던 민혁

전화할 때마다 "할머니! 요새는 어디 아픈 데 없어요?" 라고 할머니 안부를 챙기는 민성이는 목소리도 체형도 여러 면에서 제 아빠를 꼭 빼닮은 손주이다. 우리 엄마는 듬직하게 성인이 되어가는 민성이를 볼 때마다 떠난 아들을 함께 떠올린다.

할머니 카카오톡 프로필 사진은 민성이 차지

눈에 넣어도 안 아픈 민혁, 민성, 민호 어릴 적

시골 할머니 집에서 재미있게 불 때는 민혁, 민성, 민호

2023년 생일 잔치에서 손자들과 손녀 사위

나가는 말

엄마가 살아 계셔서 엄마와 함께 더 많은 시간을 보낼 수 있고 또 엄마와 함께 한 이야기를 책으로 엮을 수 있어서 우리 엄마에게 깊은 감사를 드린다. 엄마 이야기를 듣다 보면 어떤 사건이나 그 사건의 연도가 정확하지 않을 때도 있었다. 엄마한테 다시 되묻기도 하고 때로 여기저기에서 기억의 편린들을 찾아 맞추기도 했다. 엄마가 어떤 일을 기억할 때 지극히 개인적으로 기억하고 싶은 것만 기억하거나 때로 자기중심으로 해석한 상태로 남아 있기 때문이라고 생각한다. 그러나 한편으로 그런 사건이나 경험의 정확한 시간을 아는 것이 그리 중요한 것 같지 않다는 생각이 들기도 했다. 우리 엄마 기억 그대로 엄마가 그 경험의 시각에 느낀 그 감정 자체가 더욱 의미 있을 것이라 생각한다.

책을 내기 위해 글을 쓰는 것이 그리 녹록지 않았다. 몇 번이고 이런 책을 누가 읽기나 할까 고민하다가도 "가장 개인적인 것이 가장 창의적이다"라는 어느 영화감독의 말을 되뇌며 글을 썼다. 그리고 많은 사람들의 도움과 격려 덕분에 책을 완성할 수 있었다. 작년에 우연히 서울시민대학 동남권 캠퍼스 도서관에 전시된 독립출판 서적들을 보고 나도 이렇게 쓰면 좋겠다 생각했다. 그러다 올해 「N잡 커뮤니티」 모집 공고를 보고 신청해, 커뮤니티 활동을 통해 멘토 고성배 선생님으로부터 다양한 정보를 얻고 지도를 받았다. 그리고 마지막 편집 과정에서는 편집 프로그램을 다루는 게 익숙지 않아 시행착오를 겪을 때 사랑하는 조카 영아와 우리 딸 종현, 종화가 도움의 손길을 보태주었다. 그리고 이 책을 내도록 옆에서 응원해 준 남편에게도 감사의 마음을 전한다. 우리 엄마를 사랑하는 내 형제들과 든든한 조카들이 있어 팔순 넘게 '포도시' 살아온 40년생 김말임 여사의 앞으로의 삶이 더욱 행복할 거라 믿는다.

부록. 김말임 여사의 가계도

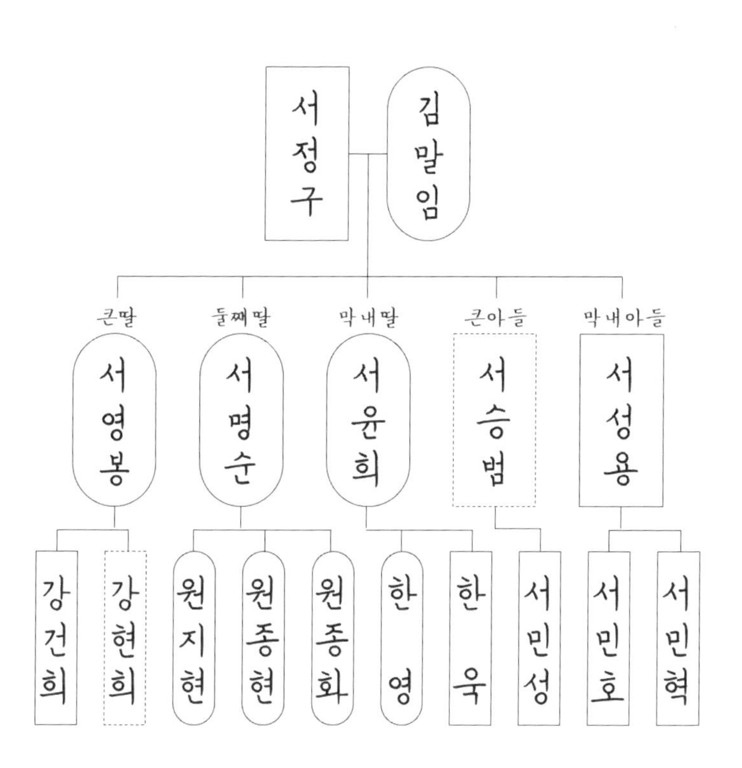

일러두기

엄마의 말 중에 나오는 사투리에 대한 이해를 돕기 위해 설명을 붙인다.

* 엄마는 ~댁을 ~떡으로 발음한다.
예) 귀둥떡: 귀동댁, **어영니떡:** 어영리댁, **대전떡:** 대전댁

* 그 밖의 낱말에 대한 설명은 다음과 같다.

10쪽 아슴찮여: 아슴찮다에서 온 말. 고맙다

12쪽 돔박에는: (나 말고) 어느 누구도

16쪽 꽁생이: 팔꿈치

27쪽 숭을: 흉을

35쪽 이태끔: 여태까지

49쪽, 79쪽, 84쪽 해복간: 산후조리

62쪽 구탱이: 구석

62쪽, 98쪽, 105쪽 무시: (채소)무

63쪽 영호: 정확한 낱말은 모르나 삼년상을 치를 때 집에 마루나 일정 장소에 만들어 놓고 제사를 지내던 제단(祭壇)이 있는 장소

67쪽 오라부덕: 올케

67쪽, 68쪽, 105쪽, 116쪽, 내동: 내내

70쪽 도구통: 절구통

71쪽, 85쪽, 94쪽, 99쪽, 105쪽, 팜나: 항상

71쪽 도굿대질 : 절구질

79쪽 텃판둥이: 터를 판 아이 즉, 아우를 본 아이

80쪽 장꽝: 장독대

90쪽 알탕갈탕: 애면글면

105쪽 다우다: 대개 옷의 안감에 대는 광택나는 천

106쪽 풍신난: 아주 형편없고 초라한

106쪽 역부러: 일부러